Cătălin Partenie

O som do vermelho

Tradução

Tanize Mocellin Ferreira

© Partenie, Cătălin 2022
1ª edição
TRADUÇÃO
Tanize Mocellin Ferreira
PREPARAÇÃO
Silvia Massimini Felix
REVISÃO
Maria Fernanda Alvares
Vitor Jasper
ASSISTENTE EDITORIAL
Gabriela Mekhitarian
DIAGRAMAÇÃO
Letícia Pestana
CAPA
Beatriz Dorea
Isabela Vdd
FOTO DA CAPA
Cătălin Partenie

Impresso no Brasil/*Printed in Brazil*

Todos os direitos reservados à DBA Editora.
Alameda Franca, 1185, cj 31
01422-001 — São Paulo — SP
www.dbaeditora.com.br

Dados Internacionais de Catalogação na Publicação (CIP)

(Câmara Brasileira do Livro, SP, Brasil)

Partenie, Catalin

O som do vermelho / Cătălin Partenie ; tradução Tanize Mocellin Ferreira. -- 1. ed. -- São Paulo : DBA Editora, 2022.

Título original: The golden burrow.
ISBN 978-65-5826-046-2

1. Ficção romena I. Título.

CDD-859 22-124283

Índices para catálogo sistemático:
1. Ficção : Literatura romena 859
Cibele Maria Dias - Bibliotecária - CRB-8/9427

Para o meu pai, Ștefan Partenie

Sumário

THE BUDS — 11

O PLANO — 24

O MAESTRO — 32

THE GROTTO — 37

O BATERISTA UNILATERALMENTE DESENVOLVIDO — 52

A TOCA DOURADA — 64

MARÇO DE 1988 — 85

OS PORTÕES DE FERRO — 94

NÃO HÁ NADA QUE VOCÊ NÃO POSSA FAZER — 102

DEZEMBRO DE 1989 — 147

O MOEDOR E A FENDER — 165

THE BUDS

I

O Paul era meu melhor amigo. Não sei quem atirou nele. Já te falei isso quando a gente conversou por telefone. Só sei que ele foi baleado na frente da Muzica. Não tenho nenhuma foto dele. Nunca gravei o que a gente tocava.

Minha mãe disse pra eu não esconder nada de você. Então não vou fazer isso.

Conheci o Paul em setembro de 1988. Eu estava no ensino médio, no primeiro ano. Um dia, matei as últimas duas aulas e fui pro Dungeon. O Dungeon era um quarto úmido, sem janelas, no porão de um centro pra juventude. Era a sala de ensaio de uma banda de rock, The Buds. Em vez de uma porta, o lugar tinha dois portões de ferro forjado, que eles trancavam com uma corrente e um cadeado de ferro fundido. The Buds eram quatro caras magros de cabelo curto. Naquele tempo, éramos todos magros. Conheci todos eles naquele centro para juventude, depois do primeiro show que fizeram, e, pelo que eu sei, também foi o último; eles eram o ato final de um sarau pra estudantes do ensino médio. Eram mais velhos que eu, mas ainda estavam no colégio. Guitarra, baixo, teclado, bateria e voz. Naquele dia, eu realmente não esperava encontrar aqueles caras ali, mas, quando cheguei no Dungeon, os portões estavam abertos.

"Ei, Fane, obrigado pela visita", o Virgil disse. Ele era o líder da banda.

"Fane" é a abreviação de Ştefan; esse sempre foi meu apelido. Você deve estar pensando que rima com "hein", mas não. São duas sílabas, e a sílaba tônica é a primeira: o *Fa* se pronuncia como em do-ré-mi-fá, e o *ne*, como em "nesse".

"A gente vai gravar duas músicas na estação de rádio, num estúdio de verdade", o Virgil disse. "Precisamos de uma ajuda. Interessado?"

"É claro", eu disse, tentando parecer indiferente.

"Eu sabia que a gente podia contar com você. Ótimo. Então, pra começar, vamos levar o equipamento pro corredor. Mas a bateria não."

Ele disse "equipamento" como se eles tivessem duas toneladas de coisas.

"A bateria não?"

"Depois eu te conto. Vamos."

O Virgil tinha uma Jolana, uma guitarra branca feita na Tchecoslováquia. O baixista, Toni, tinha um baixo romeno, preto com um escudo branco. Florian, o tecladista, tinha um teclado pequeno, um Vermona. A bateria era bem antiga, tinha só um prato e nenhum surdo; ninguém sabia a marca. O nome do baterista era Eugen. Eles só tinham um amplificador, um Vermona, e um gabinete grande, feito à mão, com um alto-falante. Vermona era uma marca da República Democrática Alemã. O amplificador e o gabinete eram do Virgil.

   O Florian tinha coberto o teclado com um cobertor de lã com franjas; não havia uma capa pro instrumento. Eles não tinham capas pra nada. Nós levamos tudo pro corredor, e o Virgil chamou um táxi. Enfiamos o amplificador, o gabinete e os cabos no porta-malas, o teclado, as guitarras e o baixo no banco de trás. O Virgil foi no táxi; o Toni, o Florian e eu fomos de trólebus.

   "Cadê o Eugen?", perguntei.

   "O Eugen acabou de sair do Dungeon", o Florian disse.

   "Ele saiu da banda?"

   "Não, a gente expulsou o Eugen. Na verdade, o Virgil expulsou. Resumindo, o Virgil conhece um engenheiro de som na estação de rádio; ele deu um maço de Marlboro que a gente comprou de um motorista de caminhão búlgaro pra esse cara, e ele reservou duas horas pra nós hoje, pra gente gravar duas músicas, duas composições do Virgil. Mas, três dias atrás, o Eugen disse que não ia poder gravar porque sua nova namorada, a Raluca, convidou ele pra ir pra um chalé. A Ralu, como ele chama a menina. Vai por mim, um baterista de verdade nunca ia sacrificar a música por uma mulher."

   "Então, o que vocês vão fazer?"

"Quando o Eugen contou pra gente que não ia, o Virgil chamou o engenheiro de som e disse que o baterista tinha sofrido um acidente de carro. 'Nada sério, só um arranhãozinho, mas ele ainda está meio tonto, será que daria pra remarcar?' Mas o engenheiro disse que não dava, que a agenda do estúdio estava cheia pelos próximos meses. 'Tudo bem, então', o Virgil disse, 'vamos fazer o que a gente combinou, com certeza nosso baterista já vai estar melhor.' Eu disse pro Virgil dar dois maços pro cara, mas ele disse que só um já era o suficiente. Se a gente tivesse dado dois, ele ia ter remarcado, com certeza."

"E aí? O que vocês vão fazer, tocar sem bateria?"

"Aconteceu um milagre, Fane. Nunca perca a esperança! Depois de vinte ligações, um amigo de um amigo colocou a gente em contato com um baterista que disse — ontem! — que ia dar uma mão. Ele tem bateria e a gente vai encontrar com ele — agora! — na rádio. Ele não conhece nossas músicas e a gente não sabe se ele é um bom baterista. E se ele for uma merda? Mas aqui está nosso Virgil, ninguém discute com ele. Enfim, bom ou ruim, esse baterista está a fim de ajudar a gente. Tipo, quantos bateristas fariam isso? E de graça, claro."

"Como assim, de graça?"

"A gente não vai ganhar dinheiro nenhum com isso."

Quando chegamos nos fundos do prédio da estação de rádio, onde ficava a entrada de funcionários e convidados, vimos um cara parado do lado de um Škoda 100 amarelo com um bumbo amarrado no teto do carro. Um bumbo azul enorme, preso com cordas.

"Só pode ser nosso cara", o Florian disse.

Cabelo preto dividido no meio, comprido mas nem tanto, os olhos vívidos. Esse era o Paul.

2

O amplificador Vermona tinha quatro entradas, e o Virgil conectou tudo nele: guitarra, baixo e teclado. O engenheiro colocou um microfone na frente do gabinete, depois levou o Virgil pra um canto e botou ele na frente de um microfone; o Virgil era o vocalista. Depois o engenheiro pediu pro Paul colocar a bateria no lado oposto da sala. O Paul tinha um equipamento Trowa, outra marca da RDA. Um tom, dois pratos, bumbo, um surdo grande — aquilo é que era um instrumento de verdade. A bateria toda tinha um revestimento azul brilhante. Quando o Paul ficou pronto, o engenheiro colocou um microfone na frente do bumbo e outro entre a caixa e o chimbal. Aí foi pra sala de controle e disse que eu podia ir com ele, e isso foi muito gentil, tipo, convidar um *roadie* pra sala de controle. Na verdade ele não parecia nada gentil, mas isso era porque não dava pra ver seus olhos, escondidos atrás de uns óculos meio esverdeados que pareciam ter sido feitos com fundo de garrafa.

A sala de controle era menor do que eu imaginava, mas a parede que a separava da sala de gravação era bem grande e também tinha uma janela enorme. Uma mesa de som, com vários medidores, uma fita de gravação imensa, algumas cadeiras. Na parede dos fundos, um cabideiro com alguns cachecóis de lã pendurados, de diferentes cores e tamanhos. Ao lado da mesa de som, num banquinho, estava uma senhora com longos cabelos brancos tricotando um cachecol branco.

"Certo", o engenheiro disse, falando num microfone. "Vamos fazer uma passagem de som. Voz. Diga alguma coisa. Diga um-dois. Ótimo. Em geral, gravamos a voz separada, depois dos instrumentos. Mas vocês estão bem, vamos fazer tudo de uma vez só. Então. Teclado. Ótimo. Baixo. Ótimo. Guitarra. Ótimo. Bateria: quero ouvir o bumbo. Ótimo. O chimbal. Ótimo. Agora a caixa. Batidas únicas. Pare. De novo. Pare. Droga." Ele se virou pra senhora e disse: "Georgiana, o verde, por favor". Ela se levantou do banco, bem devagar, foi até o cabideiro, pegou um cachecol esverdeado e passou pro engenheiro.

Ele foi até a sala de gravação e enrolou o cachecol ao redor da pele do bumbo do Paul, como se quisesse proteger o instrumento do frio ou de uma corrente de ar.

"Guitarras distorcidas, tudo bem", ele me disse quando voltou pra sala de controle, "mas as caixas precisam ter um som abafado." O Partido tinha uma diretiva pra caixas? Não perguntei.

"De novo, caixa. Batidas únicas. Agora sim. Ótimo." Aí o Virgil abriu a porta da sala de controle, foi até o engenheiro e disse: "Só mais uma coisa. Nosso baterista, ele já está bem agora. Foi só um arranhão no ombro, você nem vai perceber, quer dizer, a não ser que ele tire a camiseta. É um baterista incrível, sem brincadeira, mas será que a gente pode primeiro tocar as duas músicas sem ele, sabe, só uma vez? Não estou dizendo que ele está com amnésia nem nada, mas a gente pode tocar as músicas sem a bateria primeiro?"

Que pedido estranho. Era, claro, uma estratégia do Virgil pra fazer o Paul ouvir as músicas antes de tocar com o resto da banda.

"Está bem", o engenheiro disse, "mas só uma vez, a gente não tem muito tempo." Eu disse, ele era um engenheiro legal. O Virgil voltou pro estúdio e o engenheiro disse: "Atenção, pessoal. A primeira. Sem bateria. Vai!".

Eu acordei hoje de manhã
E escutei minha guitarra
E minha guitarra me disse
Viaje o máximo que puder.
E foi isso que decidi fazer.

Era um rock *up-tempo* com belos acordes, a voz do Virgil não era tão ruim. Eles tinham tocado essa música no show.

"Parem", o engenheiro disse. "Parem. Essa música, não sei não."

"Como assim?", o Virgil disse. Eles estavam se comunicando através de microfones e alto-falantes.

"Não sei. Viaje o máximo que puder? Por quê? Não estão felizes aqui? Eles nunca vão aprovar essa letra."

"Eu sei que as letras precisam ser aprovadas", o Virgil disse, "mas essa é bem bobinha, mesmo. Fui eu que escrevi."

"*Você* acha a música bobinha. Escute, não tem por que gravar essa. E foi isso que eu decidi fazer. Ei, foi uma piada. Vamos ouvir a segunda. Sem bateria? Certo. Atenção, pessoal. Vai!"

Era uma balada lenta, péssima — uma das piores que já ouvi; acho que não tocaram no show, eu me lembraria. O refrão era insuportável:

Está nevando, nevando, nevando sobre as pessoas
Pessoas, pessoas,
Sempre sejam legais.
Cantem, cantem, e flores e pássaros aparecerão.

Achei que o engenheiro fosse dizer: "Parem, parem, também não dá pra gravar essa, eles nunca vão deixar uma merda dessas ir ao ar", mas ele disse: "Agora sim". Ele ajustou alguns controles na mesa de som e falou: "Certo, pessoal, vamos lá. Todos os instrumentos e a voz. Se concentrem, a gente tá gravando. Ação!".

Não sei como descrever. Com a bateria, a música era outra. O Paul fez uma batida de reggae, o que deixou todo mundo surpreso — e isso mudou tudo. Agora não era mais uma péssima balada, era um reggae maluco com uma letra irônica. Está nevando sobre nós, as pessoas, e está frio, droga, e quando a gente chegar em casa vamos precisar ficar de sobretudo porque não temos aquecimento em casa, mas o que a gente pode fazer, protestar na frente da sede do Partido? Não, a gente só pode cantar, e se a gente cantar, flores e pássaros aparecerão no nosso apartamento. O Virgil e os outros caras não conseguiam tirar os olhos do Paul — reggae? —, e o Paul não tinha expressão nenhuma no rosto. E isso não era tudo. A caixa, coberta com o cachecol de lã, agora tinha um som alto e claro porque ele estava tocando *rim-shots*, encostando ao mesmo tempo no aro e na pele da caixa. Eu pensei que o engenheiro fosse pedir outro cachecol pra Georgiana, mas ele não pediu.

3

Eles gravaram dois *takes* e foi isso. O engenheiro disse que sim, tudo tinha ficado ótimo, e pôs todo mundo pra fora do estúdio, apesar de ter reservado duas horas pra eles, oficialmente. Nós levamos tudo pra fora, até um corredor, e dali a um estacionamento próximo. Quando finalmente conseguimos empilhar tudo, o Virgil pediu pro Paul fazer parte da banda. O Paul agradeceu e disse que, apesar de não estar em nenhuma banda agora, não estava procurando uma, pois tinha outros planos. Mas o Virgil continuou.

"A gente tem um lugar de graça pra ensaiar, um lugar enorme, bem iluminado, nosso último show foi um sucesso, a gente terminou com uma música psicodélica. Na verdade, não terminamos, porque o diretor do centro da juventude desconectou o amplificador, mas as coisas são assim mesmo. Se você é bom, eles te desconectam."

Isso era verdade. Eles terminaram o show com uma música instrumental, que nunca acabava, até que alguém desconectou o amplificador, apesar de eu não saber quem foi. Enquanto isso, o Paul tinha trazido o Škoda até o estacionamento e estava enfiando a bateria dentro dele, e isso exigia cuidado porque ele não tinha nenhuma capa. Eu perguntei se ele precisava de ajuda, mas ele disse que não. Pensei que ele não queria ninguém encostando naquela bateria azul brilhante. O Paul colocou o bumbo no teto do carro, amarrou, e daí perguntei onde ele guardava tudo aquilo, e ele disse que guardava em casa, num porão. Ele queria ajuda pra levar a bateria até o porão? Não, não queria.

Eu me virei pro Virgil e disse que o Paul guardava a bateria no apartamento dele, que ficava no décimo andar de um prédio com o elevador quebrado, e que eu precisava mesmo ir com ele pra dar uma mãozinha. Eles não estavam esperando por isso; eu tinha ido até lá com eles e agora estava indo embora com um baterista que tinha se recusado a entrar na banda. Eu disse: "Até mais", e entrei no carro do Paul. Ele não falou nada e a gente foi embora.

"Eles são tão ruins assim?", perguntei depois de um tempo.

"Não são ruins, só não conseguem imaginar que podem ser bons."

"Você é muito bom. E tem uma bateria incrível."

"Valeu. Eu comprei de um cara que tocava num restaurante e que era casado com uma sueca — a *băbăciune*, ele a chamava assim, o que não é exatamente uma expressão elogiosa pra chamar a própria esposa, mas pelo jeito ele não se importava. Primeiro, ele teve que esperar a aprovação pra casar com ela. Quando a aprovação chegou, dizia ali que ele tinha recebido permissão pra casar com uma estrangeira. Aí eles casaram e, depois do casamento, ela voltou pra Suécia e ele continuou na Romênia esperando o passaporte. Casamento é uma coisa, sair da Romênia pra ficar com a esposa é outra. Ele entrou em pânico. 'E se ela morrer de velhice antes de eu receber meu passaporte?' Quando ele finalmente conseguiu, vendeu tudo que tinha em poucas semanas e foi embora. Essa foi minha sorte: ele não encontrou outro comprador pra bateria em tão pouco tempo, então teve que aceitar o que eu tinha pra oferecer. Ele disse que torcia pra eu nunca precisar escolher entre uma mulher e uma bateria."

O Paul morava com os pais num prédio de quatro andares construído nos anos 1950. Eles tinham um pequeno depósito no porão. Foi pra lá que levamos sua bateria. Era um lugar limpo e agradável, todo pintado de branco. Ele me agradeceu pela ajuda e disse que isso merecia um "cavalo duplo", então abriu um maço de cigarros e me ofereceu um.

O maço tinha dois cavalos, um branco e outro preto. Eram cigarros chineses; uma marca chamada Double Horses. Eu não era um fumante de verdade, só fumava de vez em quando nos banheiros da escola, e sempre uns cigarros leves, filtrados, chamados Snagov, que eram absolutamente horríveis. Eu nunca tinha fumado um cigarro chinês. Traguei esperando uma fumaça nojenta, mas a fumaça era suave, com um aroma doce e amadeirado, e esse aroma me encheu de coragem pra falar: "Paul, sabe o que eu queria? Que você montasse a bateria e tocasse um pouco".

Ele me olhou como se quisesse dizer: "Por que demorou tanto pra me pedir isso?", e montou tudo — o bumbo, o pedal, o tom, o surdo, a caixa, o chimbal, os dois pratos. Aí tocou com suavidade a pele do surdo com o dedão e apertou os parafusos com uma chavezinha.

"O que você está fazendo?", perguntei.

"Afinando. Baterias também precisam ser afinadas."

Eu não sabia.

"A bateria é especial. Se você hesitar na hora de tocar, ela sente e não gosta. Não quero dizer tocar sem força, quero dizer não estar totalmente empenhado. Não dá pra enganar uma bateria. Ela logo sabe qual é a sua."

Quando terminou de afinar tudo, ele tocou a batida de reggae que tinha tocado no estúdio, mas o que eu estava ouvindo agora era bem diferente do que eu tinha ouvido nos alto-falantes da sala de controle. Agora, tudo ao meu redor vibrava — a bateria, o ar, as paredes —, e era como se meus próprios tímpanos tivessem virado uma percussão. Eu não sabia que um prato podia pintar o ar de diferentes cores ou fazer as baquetas ricochetearem, de modo que não se percebe mais se as baquetas estão batendo no prato ou se é ele que está batendo nas baquetas.

Alguns dos meus amigos tinham guitarra, violino e até mesmo piano, mas eu nunca conhecera alguém que tinha uma bateria. A Trowa dele, mesmo que tivesse sido uma barganha, provavelmente havia custado muito caro. Como ele tinha convencido os pais a gastarem essa grana?

O PLANO

I

Eu ia ao porão do Paul quase todos os dias. A gente morava no mesmo bairro — Floreasca. Eu morava num prédio provavelmente mais antigo que o dele; também tínhamos um porão, mas nosso depósito era tão minúsculo que não daria pra enfiar um tonel de plástico ali. A pé, eu chegava na casa do Paul em mais ou menos vinte minutos. Eu passava por uma velha garagem de ônibus, um busto do Giuseppe Garibaldi, uma fábrica chamada Automatica (uma ex-fábrica da Ford, nacionalizada pelos comunas), cruzava uma linha de bonde e aí chegava no prédio do Paul. Se isso fosse um filme, na frente do prédio a câmera subiria e você conseguiria ver o Lacul Floreasca, um lago bem grande. Na outra margem ficava o Cartierul Primăverii, o bairro da primavera, onde o Ceauşescu e todos os outros figurões moravam, em mansões imensas construídas no entreguerras. Quando eu era criança, costumava andar sem rumo naquele lado do lago, mas em 1988 o lugar inteiro se encheu de milicianos que não te deixavam passar. O "ş" de Ceauşescu deve ser pronunciado como o "s" de *Sean. Sean Connery*.

No início, achei que o porão do Paul fosse estar sempre cheio de garotos e garotas, principalmente garotas: ele era baterista e tinha uma bateria no próprio porão, quem ganharia disso? Mas o Paul estava sempre sozinho. Ele podia tocar bateria ali porque no apartamento de cima morava um velho meio surdo — o Sir Michael. O nome dele era Mihailovici, mas todos os vizinhos o chamavam de Sir Michael. O pai do Paul tinha inventado o apelido porque o velho sempre andava com o cachorro do lado errado da rua.

O Paul era quatro anos mais velho que eu. Ele estava no primeiro ano da faculdade de filosofia, eu estava no primeiro ano do ensino médio. Quatro anos é muito quando se é jovem, e eu tinha medo de que ele não quisesse andar comigo, mas ele quis. A gente conversava, fumava alguns Double Horses e depois ele tocava bateria. Ele gostava de tocar e eu gostava de ouvir. Ele gostava de marcar o contratempo ou de nem tocar a primeira batida; isso me deixava chocado e o choque era persistente, como o sabor amargo de um Double Horses. Eu tentava prever o que ele faria, e isso era eletrizante. Suas baquetas eram como duas proas rasgando o desconhecido.

2

Certa noite, o Paul disse que o Sir Michael tinha pedido silêncio porque iria receber visitas.

"É nosso acordo, quando ele pede pra eu não tocar, eu não toco. Anos atrás, o médico do Sir Michael implorou pra ele parar de fumar, ele parou e ficou com um estoque imenso de Double Horses. Ele é meu fornecedor."

A gente conversou bastante naquela noite, e ele me contou seu plano secreto — o plano que o transformaria num príncipe.

"No verão, toquei com uma banda num restaurante. Eles precisavam de um baterista por algumas semanas. Três sets por noite, nada demais. Bem, perto do fim da minha temporada, eles foram pra uma audição renovar os cartões de artista freelancer deles, e adivinhe só? Eles me levaram junto. Então agora tenho meu próprio cartão de artista freelancer. Meu primeiro cartão. Precisa de renovação daqui a cinco anos; ou seja, em 1993."

"Você é estudante de filosofia *e* artista freelancer?"

"Eu não falei praqueles velhos metidos a cantores do comitê de audição que sou estudante. Eu disse que tinha terminado o colégio e que queria ser baterista. A gente só tocou uma música e foi isso. A gente tocou 'Măicuţa mea' e eles disseram: 'Podem parar, obrigado'."

"'Măicuţa mea'?"

"Sim. 'Minha querida mãezinha', do Temistocle Popa. 'Eu te agradeço, minha mãe querida.' Por favor, todo mundo conhece."

"Sim, conheço. Não dá pra ser mais brega que isso."

"Mas é sempre uma boa ideia, nessas audições, tocar um negócio brega, porque tem sempre uns velhos no comitê."

Ele pegou a carteira e me mostrou o cartão de artista freelancer, emitido pelo Conselho de Cultura e Educação Socialista.

"Com esse cartão", ele disse, "vou viver como um príncipe *e* fazer parte da classe trabalhadora."

"Quem vai te contratar?"

"Com esse cartão, Fane, posso ser oficialmente contratado num restaurante, como baterista da banda deles."

"Um príncipe trabalhando num restaurante? Tipo, no verão?"

"Não, o tempo todo."

"Sim, mas você estuda filosofia. Quando se formar, vai ser professor de filosofia, não?"

"Então, a gente estuda bastante lógica. Deus sabe lá por quê, já que o marxismo não tem nada a ver com isso. Enfim, no terceiro ano tem uma prova de lógica de matar, e eu vou ser reprovado nela; muitos são, mas daí eles estudam um monte e passam em setembro, na recuperação. Bom, eu vou ser reprovado na recuperação também."

"Mas aí você vai ter que fazer o terceiro ano de novo, não?"

"E daí? Vou ser reprovado de novo. Vou ficar dizendo as coisas mais ilógicas possíveis pros professores, até que me expulsem. E aí vou ser totalmente livre. O Frank Zappa tem um álbum, *Absolutely Free*. Você conhece o Zappa?"

"E depois?"

"Eu já disse, vou entrar pra banda de um restaurante."

"Mas Paul, você é bom. Não quer fazer shows, sair em turnê?"

"Não dá pra viver de shows e turnês, ninguém consegue."

"E se os caras da banda não forem legais e você não for amigo deles?"

"A coisa mais importante da vida é ser deixado em paz. Vou acordar quando eu quiser, e isso vai ser meu Rolls Royce. Além do mais, não vou precisar ir às reuniões do Partido pra ficar ouvindo aqueles discursos intermináveis sobre nossa sociedade socialista multilateralmente desenvolvida."

"Por que você não vai precisar ir às reuniões do Partido?"

"Porque nunca vou ser membro do Partido. O Partido não quer bateristas nas suas fileiras."

"Por quê?"

"Porque não somos confiáveis."

"Paul, você está maluco."

"Estou mesmo?"

"Sei lá, cara... Não dá pra se formar antes e depois viver como um príncipe?"

"Se eu terminar a faculdade e me formar, vou ser mandado pra uma escola secundária em alguma vila esquecida e forçado a dar aulas lá por três anos. O acordo é esse, não tem como fugir. Só que, na verdade, os três anos são só no papel, porque eu nunca ia conseguir sair do sistema. O melhor que pode acontecer é ser transferido pra outra escola em outra vila. Vou ser um servo para vida toda; um professor escravo; um servo professor. Vou ensinar história, desenho e educação física."

"Não vai ensinar filosofia?"

"Só tem aula de filosofia no ensino médio, no terceiro ano, e não há mais vagas no ensino médio, talvez uma ou duas por ano. Mas não importa mesmo se eu ensinar filosofia, porque a filosofia não vai me fornecer nenhum consolo."

"Então por que esperar? Por que você não larga a faculdade agora?"

"Por causa do meu pai. Ele é o louco da família, não eu. 'Você vai querer ser baterista quando este regime estiver a todo vapor?' Foi isso que ele disse quando comprei a bateria. Ele é um cara legal, mas tem uns parafusos soltos. Tipo, ele faz umas piadas e trocadilhos que acha engraçados, mas quase nunca são."

"E mesmo assim ele te deu dinheiro pra comprar a bateria, né?"

"Minha mãe me deu, todo o dinheiro. Tinha umas economias. Ela disse: 'Paul, se você entrar na faculdade, eu te dou dinheiro pra comprar uma bateria. Eu sei que é isto que você quer, uma bateria'."

"Mas por que a faculdade de filosofia?"

"Não sou inteligente o bastante pra outra coisa. Eu não estava pronto pra faculdade de música, então, depois de excluir matemática, física, química, literatura, história, artes plásticas e teatro, só me restou a filosofia. É uma prova escrita, dois artigos: filosofia e economia política. Os livros didáticos são finos, dá pra memorizar tudo em poucos meses."

"Sim, mas... tipo, esses livros não são uma merda?"

"Ô, uma bosta... 'E lembre-se: os artigos de admissão precisam ter pelo menos duas citações dos discursos do Ceauşescu.' Foi isso que a professora de filosofia do meu último ano do ensino médio falou."

"Então o que você fez?"

"Quando eu disse pra minha mãe que não conseguia memorizar o que o Ceauşescu diz, ela riu da minha cara."

"Ela riu da sua cara?"

"Sim. E aí minha mãe declamou duas frases, que segundo ela eram trechos de um dos discursos recentes do Ceauşescu. Uma delas era tipo: 'Não é suficiente escrever sobre coisas abstratas, apesar de elas também serem necessárias. É lindo ouvir um belo poema de amor, mas não é suficiente'. A outra era: 'A vida já cansou de provar que a lei dialética relativa a conflitos internos e externos deveria nos fazer lutar com toda a nossa força pra realizarmos nossos sonhos'. Aí ela me disse que uma dessas frases era dele, e que a outra ela havia inventado. 'Qual das duas você acha que é dele?', ela me perguntou. 'Só pode ser a primeira', eu disse, 'essa sobre as coisas abstratas e o amor, porque não faz o menor sentido.' E minha mãe disse: 'Parabéns! Esse é o meu garoto'. E eu fiquei tipo o Mogli olhando nos olhos do Kaa. E ela disse: 'Paul, me escute. Eu sei que você consegue. Você gosta de jazz, tudo que precisa fazer é improvisar uma citação que pareça certa pra completar o texto da prova. Se vai fazer sentido ou não, não importa. Entendeu? Ninguém vai saber a diferença'. Ela estava coberta de razão."

"Sua mãe disse pra você mentir?"

"Ela é muito esperta. E ousada. Ela cresceu num orfanato. Ela tem a pele escura e diz que é cigana, mas só Deus sabe se ela é mesmo. Enfim, meu pai é outra história, ele precisa estar preparado, pro seu próprio bem. Sabe, eu vou ter que dizer pra ele mil vezes que lógica não é minha praia antes de ser reprovado naquela prova idiota. Quando eu era criança, gostava de uvas brancas e ele descascava um monte de uvas só pra mim. Ele dizia que a casca deixava a uva menos doce. Então, não posso fazer nada. Não vai ser fácil, porque ele diz que um emprego de professor é muito bom pra um rapaz que quer se casar e formar uma família. Ele se casou bem jovem com minha mãe. Na verdade, ele é bem mais novo que minha mãe."

"Meu pai era igual. Eu mentia muito pra ele; achava que era pro seu bem."

"Cara, lógica não é pra mim. O que eu posso fazer?"

O MAESTRO

I

Certa tarde, mais ou menos um mês depois de a gente se conhecer, eu fui ao porão e encontrei o Paul com uma garrafa nas mãos.

"Quer um pouco? Não tenho nenhum copo."

Era uma garrafa de Bastion, uma aguardente romena.

"Esse semestre a gente está estudando os gregos. Uma galera esquisita, esses aí. Mas ninguém ganha do Heráclito. Esta frase aqui é dele: 'As pessoas não entendem o óbvio'. Quer dizer, isso é óbvio, e mesmo assim a gente não entende."

"Não entendi."

"Imagine que você encontra um bando de crianças e elas dizem: 'O que nós vemos e pegamos, deixamos pra trás; o que não vemos e não pegamos, levamos conosco'. O que estavam tentando dizer?"

"Não faço ideia."

"Tudo bem, o Homero também não entendeu."

"Quem?"

"Homero, o poeta cego e, de acordo com o Heráclito, o mais sábio dos gregos. Certo dia, o Heráclito disse, o Homero encontrou uns meninos que falaram esse enigma pra ele, e ele, o mais sábio dos gregos, não soube responder. Apesar de ser óbvio: os meninos estavam falando de piolhos."

"Piolhos?"

"Sim, eles tinham piolhos. 'O que nós vemos e pegamos, deixamos pra trás; o que não vemos e não pegamos, levamos conosco.' Entendeu agora? Ao Heráclito!"

"Ao Heráclito!", eu disse, tomando um gole e sentindo um rio de fogo atravessar minha garganta.

"Eu fui expulso", o Paul disse.

"Expulso? Do que você está falando? Quando?"

"Hoje de manhã."

O rio de fogo agora tentava correr ao contrário, pra cima e pra baixo eram a mesma direção — tudo queimava.

"Meu Deus, Paul, por que te expulsaram?"

"Ontem, todos os alunos do primeiro ano ficaram sabendo que nossas aulas tinham sido suspensas pelo resto do dia e que precisávamos entrar num ônibus que estava esperando pra levar a gente até um estúdio na estação de TV. Em vez de sermos figurantes numa aula sobre Heráclito, seríamos figurantes num tributo ao Ceaușescu."

"E o que aconteceu no estúdio?"

"A gente acabou num estúdio de som com bandeiras, uma faixa que dizia A ERA DOURADA e dois feixes enormes de trigo. Totalmente enormes. Acho que eram de mentira. E em cada um deles havia uma foice amarrada, como no emblema. Enfim, a gente não precisava fazer nada, éramos figurantes mudos. Só precisava ficar do lado de um cara de terno preto e de uma mulher com uma fantasia de camponesa cheia de bordados. O diretor, todo de jeans e de tênis branco, Adidas é claro, estava bem agitado, indo de um operador de câmera pro outro. Todos chamavam o cara de Maestro. Quando ele enfim gritou 'Ação!', o homem de preto começou a cantar uma música patriótica e eu pensei que ia ser tudo de boa, porque era um playback, e o que pode dar errado num playback? Mas, depois de algumas notas, o Maestro explodiu: 'Porra, corta, porra!', e apontou pra um de nós: 'Você! Cai fora do meu set!'. Ninguém entendeu o que ele queria. 'Você de barba, você é surdo? Se manda! Como ninguém viu que ele tem barba?' Um dos meus colegas tinha barba. Coitado. Eu dei um passo à frente e disse: 'Maestro, por favor, desculpe, ele tem estado muito estressado. A gente tem que ler todos esses filósofos gregos, ele perdeu umas aulas, e esses filósofos gregos são muito difíceis, você nunca sabe do que eles estão falando, e eles também tinham barbas, e meu colega...'."

"Paul, por que é que você fez isso?"

"Era uma piada. Achei que o Maestro fosse ficar mais calmo, mas não. 'Vejam só, outro imbecil', ele gritou pra magrela que era assistente dele. 'Estudantes de filosofia. Que surpresa. Como eu posso fazer um programa desses com imbecis? Me diga, Margareta.' A Margareta estava olhando pra baixo, o rosto pálido. E eu disse: 'Maestro, a verdade é que não dá mais pra achar lâminas de barbear'. Eu achei que dessa vez ele com certeza ia rir da minha piada, mas o Maestro ficou ainda mais bravo. 'Você vai pagar por isso', ele gritou pra mim. 'Como ousa? Escreva seu nome num pedaço de papel e saia daqui!' E daí... Bem, não sei o que me deu, juro que não sei, mas eu disse: 'Certo, Camarada Maestro, adeus'.

"E?"

"Todo mundo ficou besta: o Maestro, a Margareta, os eletricistas, os operadores, o barítono, todo mundo. Um estúdio de silêncio. E eu fui embora. Foi isso."

"Deus do céu, Paul! Camarada Maestro?"

"Eu sei."

"Você não chama de 'camarada' um diretor de TV de jeans e Adidas. Ele não é um diretor de colégio. Não sabe como os artistas são loucos? E esse deve ter seus contatos, já que ficou encarregado de fazer um programa sobre os Anos Dourados."

O Paul não disse nada e tomou outro gole de Bastion. Olhei pra ele; estava com aquele rosto sem expressão, e eu senti que não tinha entendido alguma coisa.

"Pode apostar que ele tem contatos. Isso foi provado. Porque hoje de manhã a secretária da faculdade me chamou e me disse sem rodeios que eu tinha sido expulso e que ela estava pessoalmente decepcionada com meu comportamento."

Eu queria dizer que também estava decepcionado, mas não disse. Aí eu entendi.

"Paul, você não está bebendo porque está à beira de um colapso... Meu Deus, Paul, você está celebrando, né? Você não precisa esperar três anos pra ser reprovado naquela prova. Pode ser um príncipe agora."

"Foi um impulso. Quando ele disse: 'Você vai pagar caro por isso', vi o que estava à minha frente: uma oportunidade única. E falei: 'Certo, Camarada Maestro, adeus'."

2

O Marx e o Engels tinham barbas e bigodes bem compridos; o Lênin, um bigode cuidadosamente aparado e um cavanhaque; o Stálin, apenas um bigode. O Ceauşescu não tinha barba. "Orgulhoso é o navio, habilidoso o timoneiro." Algum poeta tinha inventado esses versos. O Ceauşescu era um timoneiro sem barba que conduzia tudo. E, como todo timoneiro, ele estava cercado de contramestres, e eles tinham decidido que homens com barba não podiam aparecer na televisão ou em fotos publicadas no jornal.

Naquela época, várias coisas estavam em falta, mas não me lembro se isso incluía lâminas de barbear. Os desabastecimentos eram imprevisíveis. Certa vez, disso eu me lembro, fui a uma loja bem grande e as únicas coisas que eles tinham eram vinho frisante barato e calças femininas.

THE GROTTO

I

Logo depois de ter sido expulso, o Paul ligou pra uns conhecidos e um deles contou sobre uma banda num resort nas montanhas que precisava desesperadamente de um baterista com um cartão de artista freelancer, porque o baterista deles tinha ido embora.

O Paul ligou pro líder da banda e disse que tinha o cartão e a bateria.

"Então venha aqui amanhã. O gerente do restaurante disse que, se eu achar qualquer um com um cartão de freelancer, o emprego é garantido."

Pra mim, foi um choque ainda maior que ele achasse uma banda tão rápido.

O Paul guardou a bateria e me ligou naquele mesmo dia.

"Venha aqui. Vou embora amanhã de manhã. Meu pai vai me dar uma carona."

A gente fumou uns Double Horses, e eu estava meio tonto quando fui embora. Na manhã seguinte, percebi que tinha esquecido minha jaqueta no porão, e no fim da tarde fui até o apartamento do Paul. Foi aí que conheci os pais do Paul. Você pediu pra eu escrever sobre eles também.

Toquei a campainha e esperei. Até aquele momento, eu não tinha conhecido os pais do Paul; nunca havia entrado no apartamento deles.

"Entre", disse uma voz forte do outro lado da porta. Entrei e no corredor vi um homem numa cadeira; ele tinha um olhar desvairado e usava clipes nos tornozelos pra que as calças não prendessem na bicicleta.

"Eu sei quem você é", ele disse. "Eu sou o Dan. Me chame pelo meu nome. Sua jaqueta está aqui. O Paul trouxe antes de a gente ir. Saímos cedo."

Ele estava tentando pôr uma foto oval na parede. Uma foto antiga, de um homem melancólico de bigode que parecia perdido.

"Sabe quem é ele?"

"Lamento, mas não sei não."

"É Proust. O escritor."

"Ah, sim."

A parede tinha uma mancha redonda e escura, e a foto do Proust estava agora bem no meio dela.

"A gente tinha um relógio aqui. Está vendo essa mancha redonda e escura na parede? É ali que ficava nosso relógio. Bem, ele parou de funcionar um dia e eu pedi que minha mulher o levasse pra uma oficina perto da clínica que ela trabalha, pra ver se tinha conserto. O relógio estava sempre vinte minutos adiantado, é o único jeito de eu não me atrasar de manhã. Finalmente, ela levou. Ontem. Ela levou o relógio a uma oficina e o cara lá arrumou na hora. Ela enfiou na bolsa, e adivinhe só? Perdeu o relógio. Foi fazer compras, perdeu e não lembra onde. Foi por isso que instalei o Proust ali, onde ficava o relógio, pra lembrar minha esposa de procurar o relógio perdido."

Ele caiu na gargalhada, saiu da cadeira e me chamou pra ir até a sala; depois perguntou se eu queria um gole de uma boa aguardente — Bastion. Só de ouvir o nome fiquei enjoado. "Obrigado", eu disse, "mas melhor não. Eu tenho lição de casa pra amanhã."

Ele encheu um copo e disse: "À amizade!".

O pai do Paul não estava fingindo, ele era mesmo um cara legal, de bom humor, e eu não estava esperando por isso. Eu estava esperando um pai triste, inconsolável. O único filho dele tinha sido expulso da faculdade de filosofia e agora ia tocar bateria num restaurante.

"Olhe só, oficialmente estou triste e preocupado, mas, como minha mulher disse, eu me preocupei tanto quando o Paul estava no exército e foi uma preocupação em vão porque ele tinha uma vida maravilhosa lá. Enfim, vou dizer por que estou feliz. Mas você tem que prometer que não vai contar pro Paul. Estou feliz porque ele terminou com a Mina. 'Se você se mudar praquele resort nas montanhas, está tudo acabado entre nós.' Foi o que a Mina disse pra ele. Você conhece a Mina?"

"Não."

"Ela mora sozinha num flat bem pequeno. Bem, isso é admirável, preciso admitir. Ela também é onze anos mais velha que o Paul. E ela põe uma camada de pasta de dente nos mamilos. Dá pra acreditar? Sabe, não dá pra explicar de outro jeito. Bem, isso não é da minha conta. Mas você sabe o que ela é? Nunca vai adivinhar, nem num milhão de anos. Uma embalsamadora. Uma embalsamadora profissional. Ela trabalha no necrotério de um grande hospital. Como um pai pode dormir à noite sabendo que seu filho está sendo cuidado por uma embalsamadora? Contei uma piada. É uma boa piada, mas o Paul não gostou. Eu disse: 'Você está no caminho certo, porque, segundo o Aristóteles, uma verdadeira vida de filósofo deveria ser uma prática pra morte'. Ele disse isso mesmo, o Aristóteles. Eu verifiquei. Num diálogo chamado *Apologia de Platão*."

Aí a gente ouviu um cachorro latindo e a porta da frente se abrindo.

"Eles voltaram", o Dan disse. "O Fane está aqui, querida."

Um cachorro branco com um olho preto entrou na sala e veio até mim abanando o rabo.

"É o Pirata, um vira-lata que a gente adotou", o Dan disse. "E essa é minha esposa, a Șuncă. Șuncă e cachorro, uma boa combinação." Șuncă significa "presunto" em romeno.

"É um apelido", a Șuncă disse. "O Paul que inventou. Que belo apelido pra um filho dar pra mãe, mas é de coração." Șuncă tinha o cabelo, os olhos e a pele bem escuros.

"Caso você não saiba, ela é assistente de fisioterapeuta", o Dan disse. "Ela é muito boa e também tem uns clientes particulares, aí teve um ano em que um deles era... você nunca vai adivinhar. Um sargento. Pobre coitado, ele tinha fraturado o ombro. Ele ficou bêbado durante um treino de tiro noturno e caiu numa trincheira. Ele fez uma cirurgia, mas ainda assim não conseguia mexer o braço direito. Com exceção disso, ele tinha tudo. Chefiava o refeitório dos oficiais numa base militar perto de Bucareste. Minha mãe do céu! Manteiga, presunto, creme, porco, o que você quiser, ele tinha. Eles combinaram que ele pagaria pelo tratamento do braço com comida e, a cada entrega semanal, o sargento incluía um pacote de presunto fatiado — um presunto macio, maravilhoso, rosinha — e ela guardava todo o presunto pro Paul, pro café da manhã dele. Por isso o apelido."

No corredor, quando eu estava indo embora, o Dan olhou pra foto do Proust e disse: "Que engraçado. Essa mancha redonda e escura na parede é como a aura do Proust. Nada mal. A aura do Proust é uma mancha deixada por um relógio. O que você acha?".

"Uau!" Eu não sabia mais o que dizer.

"Eu gosto de você. É um garoto esperto. Escute, o Paul está hospedado num hotel bem legal, dividindo o quarto com o líder da banda, o Marius, mas esse cara tem uma namorada na cidade e nunca fica no quarto. O Paul disse pra você fazer uma visita. Pode ficar no quarto dele."

2

Eu não me lembro se "The Grotto" era o nome real do restaurante, ou se as pessoas só o chamavam assim, talvez por ele ficar no porão de um grande prédio — uma mistura de lojas e aluguéis de ski com um cinema no meio. Havia algumas lendas sobre o lugar. De acordo com uma delas, anos atrás, num dia quente de verão, o filho mais novo do Ceauşescu, o Nicuşor, chegou ali num carro branco e, no capô, amarrada ao para-brisa com fitas e cachecóis brancos, estava uma loira num lindíssimo vestido de festa, toda esvoaçante. O Paul me contou isso quando a gente se encontrou na estação de trem. Achei meio exagerado. Quer dizer, não achei que o The Grotto fosse um lugar tão chique a ponto de atrair o próprio filho do Ceauşescu, mas, quando entrei, não acreditei nos meus próprios olhos. Todas as mesas estavam cobertas com toalhas brancas imaculadas, as cadeiras eram estofadas e todos os garçons e garçonetes usavam calças pretas e camisas brancas.

A banda não tinha nome, mas tinha sua própria mesa, perto do palco. O Paul me apresentou pra todo mundo — o Marius, o Mr. Bumblebee e o Peter. O Paul era com certeza o mais jovem deles. O Marius e o Peter deviam estar na casa dos trinta. O Mr. Bumblebee tinha uma barba bem aparada e era claramente bem mais velho. Não sei por que chamavam o cara de Mr. Bumblebee. Não sei seu verdadeiro nome.

O Peter subiu no palco, que era baixo e curvo, e foi até uma cadeira onde estava uma guitarra coberta por um pedaço de cetim branco. Uma Fender Stratocaster. Ah, que cara sortudo ele era. O Peter pegou a guitarra e começou a dar uma olhada no cubo. A Fender era de tirar o fôlego — o braço era cor de carvalho, o corpo cinza com acabamento transparente, escudo preto. O cubo era uma caixa de madeira com aspecto pesado pintada de preto com uma alça de baquelite sólida em cima; era feito à mão. A frente tinha um painel de alumínio com quatro botões grandes. Fui até o palco e estiquei o pescoço pra ver como era a parte de trás. Era aberta e dentro do cubo havia um alto-falante Celestion com uma etiqueta redonda que dizia: "Rola Celestion Ltd. Foxhall Road, Ipswich, Suffolk, England".

O Peter tinha uma bela munhequeira de couro preto, e eu disse: "Que bela munhequeira".

"É uma munhequeira de luto", ele disse, sem olhar pra mim. "É pelo Tommy Bolin."

Eu não sabia quem era o Tommy Bolin, então fiquei de boca fechada. Ele olhou pra mim e disse: "Ele era o guitarrista do Deep Purple. Substituiu o Blackmore".

Eu senti que precisava dizer alguma coisa, e finalmente falei: "Quando ele morreu? Esse cara que substituiu o Blackmore".

"Isso importa?" Ele se inclinou pra trás, levantou a guitarra e disse: "Ei, você sabe o que é rock?".

Aí ele começou a fazer uns *licks*, num volume baixo e sem distorção, e terminou cada *lick* com um vibrato forte e amplo, mas sem usar a alavanca. Era só a mão dele.

Duas moças passaram ali por perto, e uma disse pra outra: "Ele tem um ótimo dedilhado", e o Peter com certeza ouviu isso, mas sabe o que ele fez? Nada. Ele ignorou as garotas. Nem olhou pra elas.

Mas ele sempre olhava pra Oksana, quando ela estava por perto. Todos nós olhávamos. Alta, magra, pele clara, cabelo preto comprido, olhos castanho-escuros. Ela era a garçonete que cuidava da mesa deles. O jantar da banda era por conta da casa, e a Oksana me falou que os amigos do Paul também não precisavam pagar.

"Ela é muito querida", o Paul disse, "e nossas porções são bem grandes, você vai ver. Na verdade, são até maiores que as dos clientes."

O jantar foi ótimo (e as porções eram mesmo enormes): porco grelhado com batatas fritas, picles e vinho tinto. "Vocês comem assim todos os dias?", sussurrei pro Paul, e ele respondeu: "Pode apostar". A Oksana me trouxe um copo também, e acho que ficou claro pra todos que eu tinha menos de dezoito anos, mas ninguém disse nada e o Paul encheu meu copo de vinho, um cabernet da Bulgária que era ao mesmo tempo forte e doce. Depois do jantar, todos eles desapareceram, e a Oksana veio encher meu copo de novo.

"Eles precisavam trocar de roupa", ela disse. "Um pedido do Camarada B. B. É o gerente. Eu gosto das blusas deles, mas o Paul odeia."

O primeiro a reaparecer — usando uma blusa rosa com gola em V e um colarinho alto — foi o Peter. Depois o resto apareceu, todos de blusa rosa, e às dezenove horas em ponto eles começaram o show com um pot-pourri de bossa nova, tudo instrumental, tocado de maneira muito suave, pois os clientes estavam pedindo comidas e bebidas. O Paul tocava com vassourinhas. Foi a primeira vez que ouvi um baterista tocando com vassourinhas. Nossa, como eu tinha sentido falta daquela bateria; absorvi o som dela como um viciado inala a primeira fumaça depois de um longo período de abstinência.

Eles tinham um sistema de som pequeno, mas muito eficiente, um Peavey, com duas caixas médias num tripé, e a banda produzia um som agradável, bem redondinho. O Marius tocava um piano elétrico, um Hohner, plugado num Boss Super Chorus. O Mr. Bumblebee tinha um amplificador de baixo Roland Cube e um baixo Rickenbacker — um Rickenbacker de verdade, preto com o escudo branco, que produzia um som profundo, maravilhoso, mas talvez meio duro demais pra bossa nova. Depois eles tocaram umas coisas meio jazz e o Paul trocou as vassourinhas pelas baquetas. Esse foi o primeiro set. Quando terminaram, eles voltaram pra mesa e pediram mais cabernet da Bulgária.

O Mr. Bumblebee botou dois copos pra dentro, um atrás do outro. Aí ele olhou pra mim e disse: "Eu morava em Floreasca, na rua Puccini. Na Puccini com a Glinka. Eu morava lá com minha esposa. Antes eu morava na Bach. Na Glinka com a Bach...". Ele pronunciou esses nomes como se fossem uma firma de advocacia.

"Nunca deixe sua mulher trabalhar no turno da noite", ele me disse, virando mais um copo.

"Ele foi abandonado pela mulher", o Paul sussurrou no meu ouvido. "Ela trabalhava numa fábrica e teve um caso com o chefe. Um dia, ela disse que o chefe era um idiota, que a forçou a trabalhar no turno da noite. Aí, uma noite depois de sei lá quantas semanas, o Mr. Bumblebee ligou pra fábrica onde a mulher dele trabalhava. Um guarda atendeu o telefone e disse: 'Você deve ter ligado pra fábrica errada, camarada. A gente não tem turno da noite aqui, nunca tivemos'."

O segundo set era um mistura de sucessos disco da Romênia e da Itália dos anos 1970. Você não conheceria nenhum deles. O Rickenbacker do Mr. Bumblebee estava mais em casa agora, com aquele tom duro. O Paul pôs um microfone na frente do bumbo que estava plugado no alto--falante e a cada dois compassos, mais ou menos, dava pra ouvir o bumbo do Paul e o Mr. Bumblebee tocando na mesma batida, e isso era uma coisa incrível, pode acreditar. Em cima da pista de dança havia um globo espelhado, e vários clientes estavam dançando.

Depois do segundo set, eles voltaram pra mesa e beberam mais cabernet da Bulgária.

"Dá pra sacar na hora que o Paul era estudante de filosofia", o Mr. Bumblebee disse. "Vamos lá, Paul, conte pra gente alguma coisa sobre sua vida como estudante de filosofia."

"Foi uma vida bem curta", o Paul disse.

"Fale sobre aquele professor infeliz que você teve", o Mr. Bumblebee pediu. "Ele tinha um professor de materialismo idealista que estava sempre infeliz."

"Como você sabe?", o Marius perguntou.

"Porque ele me contou. Conte pra gente o que você me contou, Paul."

"Não encha o saco dele, cara", o Marius disse. "Não está vendo que ele é reservado? Deixe o menino em paz."

"Um dia esse professor deu um texto imenso pra eles lerem do... Me ajude, Paul, por favor? Um texto do..."

"Do Hegel", o Paul disse.

"Isso. O Hegel, que foi influenciado pelo Marx. Na verdade, o Marx não foi só uma influência, ele também pôs o Hegel em pé."

"Como assim, ele estava doente?"

"O Hegel era muito inteligente, sabe, e achava que a mente era a base de tudo. Então era como se ele estivesse de ponta-cabeça. Tipo, não é verdade que ele disse que a *mente* é a base de tudo? Graças a Deus o Marx estava por perto. Enfim, o texto era de um livro chamado — e isso eu me lembro — um livro chamado *Filosofia da História*. E o Paul foi na biblioteca e escreveu no recibo do empréstimo *Hegel, História da Filosofia*. E a bibliotecária deu pra ele um livro do Hegel chamado *História da Filosofia*."

"Você acha isso engraçado?", o Marius perguntou, mas era óbvio que ele estava se esforçando muito pra não rir.

"O Hegel escreveu dois livros", o Paul disse. "Um chamado *Filosofia da História* e outro chamado *História da Filosofia*. Eu confundi os dois."

"É, mas talvez o Hegel também estivesse meio confuso", o Mr. Bumblebee disse. "Isso deve ter sido antes do Marx dar um jeito nele."

Aí o Marius não se aguentou mais e caiu na gargalhada.

"E na aula seguinte o professor perguntou pro Paul: 'O que o Hegel diz nas páginas que você tinha que ler pra hoje?'. E o Paul disse que eram sobre o Héracles."

"Heráclito", o Paul disse.

"Isso, desculpe. E o professor disse: 'Você está brincando com fogo'. Aí ele foi até o Paul e olhou o livro que estava na frente dele, que era o *História da Filosofia* do Hegel, e o professor disse: 'Não é o livro certo'. E o Paul disse: 'Com todo respeito, Camarada Professor, é sim". E o professor disse: 'Meu Deus, por que aceitamos rebaixar tanto o nível do exame de admissão? Aonde essa política de admissão vai nos levar?'."

Todos nós começamos a rir, e o Marius olhou pro Mr. Bumblebee e disse: "Seu materialista sem-vergonha!", chorando de rir. Depois a Oksana chegou à mesa pra nos servir café. Ela serviu o Paul primeiro e depois o resto, e ninguém falou uma palavra enquanto ela nos servia. Aquilo não era café, aliás; o café já tinha desaparecido havia muito tempo. Era o que a gente chamava de *nechezol*; algo como "relinchol", um tipo de pó preto que não tinha exatamente o mesmo gosto do café, mas que aumentava a pressão. Se você tomasse algumas xícaras, conseguia ficar em pé e relinchar.

Às nove da noite, eles começaram o último set, um medley de outros sucessos romenos e italianos, mas dessa vez dava pra dizer que eles foram escritos pelo Ritchie Blackmore. A guitarra do Peter agora estava mais alta e distorcida, e ele fazia um solo na metade de cada música; ele usava aquele vibrato forte e amplo, e a mão dele, que se agitava freneticamente, parecia um passarinho, um passarinho que tinha ficado preso num monte de cordas e que agora tentava escapar. A essa altura, o Mr. Bumblebee já estava meio bêbado e, pra manter o equilíbrio, precisava enfiar a ponta do braço do Rickenbacker na caixa de um alto-falante, no espaço da alça lateral. Mas ele nunca errou nem uma nota. Eles terminaram com uma música bem legal, que o Marius cantou em inglês.

"É Supertramp", a Oksana gritou no meu ouvido, pelo jeito sabendo que eu não fazia ideia de que música era aquela. "Foi ideia do Paul, essa música. Eu queria dançar, mas as garçonetes não podem dançar. É sobre um homem que não quer virar um intelectual. Eu não sei inglês, mas o Paul sabe."

Os clientes estavam dançando. O piano tinha um *reverb* legal, e em algum momento o Paul usou um pequeno apito.

Às nove e meia em ponto, eles desligaram os amplificadores, o Paul colocou as baquetas na caixa e todos foram pra mesa fumar; naquela época, era permitido fumar em qualquer lugar, as igrejas eram a única exceção. Todas as garçonetes e garçons foram até suas mesas e deram as contas pros clientes. Às quinze pras dez, um garçom gordo veio e anunciou, gritando, que o The Grotto fecharia em quinze minutos, e às dez horas o lugar estava vazio. Aí a Oksana e outra garçonete vieram até a mesa.

"Essa é a nova regra", o Paul me disse. "A música tem que parar às nove e meia, e o restaurante tem que fechar às dez. A classe trabalhadora precisa dormir cedo. Mas nós, príncipes, e nossa corte, a gente pode ficar aqui o quanto quiser."

3

Quando eu entrei no quarto do Paul, estava mais tonto que o Mr. Bumblebee.

Havia duas camas de solteiro no quarto, uma cheia de roupas e a outra vazia. Pensei que a cama vazia devia ser a do Marius, e me joguei nela. Estava deitado de costas e só conseguia ver o que estava em cima de mim, ou seja, uma lâmpada implacável. Logo comecei a ver palavras girando ao redor dela: Rola Celestion, Foxhall Road, Suffolk, England. Depois, vi uma cidade futurista na frente de uma paisagem tipo Nárnia, e acima dela estava escrito: "Ipswich".

No dia seguinte, um domingo, voltei pra Bucareste e da estação central peguei um maxitáxi pra ir pra casa. Todos os assentos estavam ocupados, então me arrastei até o meio do corredor e me inclinei. Maxitáxis eram miniônibus com rotas fixas. Eles tinham mais ou menos vinte poltronas e deviam transportar apenas passageiros sentados, mas tanta gente esperava por eles nos pontos de ônibus que o motorista não podia fazer nada, e o corredor estava sempre lotado de passageiros extras. O problema era que esses miniônibus tinham o teto bem baixo, então os passageiros sem assento não conseguiam ficar de pé, precisavam se curvar, às vezes quase noventa graus, dependendo da altura da pessoa, e se segurar no que estivesse disponível. Enfim, enquanto eu estava naquele maxitáxi, todo torto, percebi que uma mulher de meia-idade com várias sacolas no colo estava me olhando de um jeito esquisito, e achei que talvez fosse porque eu tinha me curvado de um jeito dramático demais, como um pervertido, sabe, mas não era isso. Era porque a cada dez segundos, mais ou menos, minha mão esquerda, com a qual eu segurava uma barra, se contorcia muito rápido, como se fosse um passarinho que tivesse ficado preso ali e agora tentava escapar.

O BATERISTA UNILATERALMENTE DESENVOLVIDO

I

No dia seguinte, liguei pro Virgil. Estava com medo de ele ter ficado bravo por eu ter ido embora com o Paul aquele dia na estação de rádio, mas ele não ficou. Perguntei se a música gravada tinha ido ao ar, e ele disse que não sabia. Aquele tipo de música reggae só podia ser tocada durante a noite, ele achava, e por várias noites ele havia ficado acordado até de manhã, grudado num radiozinho, mas nada da música. No fim, ele foi até a estação de rádio com uma fita cassete e pediu que o engenheiro de som fizesse uma cópia da gravação, mas o cara disse que precisavam reutilizar as fitas máster gravadas porque não tinham dinheiro pra comprar fitas novas, e que ele havia usado a fita em que a música deles tinha sido gravada pelo menos quatro vezes. Enfim. Eles tinham perdoado o Eugen, mas foram expulsos do Dungeon. Eu disse que tudo aquilo era uma merda, e depois contei por que tinha ligado pra ele: eu queria comprar uma guitarra.

"Pra você?"

"Sim, quero ser guitarrista de rock."

Achei que ele fosse rir, mas ele não riu e disse que tinha uma guitarra pequena que um cara tinha dado pra ele em troca de um alto-falante. Uma guitarra pequena com um braço vermelho estreito e só um captador, sem nenhum nome nem logo. Comprei naquele mesmo dia.

Quando cheguei em casa, toquei os primeiros riffs de "Mistreated". As cordas estavam altas demais na escala e eram rígidas e grossas. Achei que fosse ter que tomar um analgésico pra continuar tocando. Enfim, toquei aqueles riffs por horas, e depois toquei a música inteira; o que saiu dos meus dedos não era exatamente "Mistreated", mas não me importei.

Minha mãe fez cara feia quando mostrei a guitarra pra ela e disse que tinha gastado todas as minhas economias. Não falei que agora eu precisava de um amplificador, e ela não me perguntou por que algumas guitarras são chamadas de "elétricas".

2

No meu quarto, eu tinha um rádio a válvula feito na Romênia com um alto-falante grande e uma vitrola em cima, tudo dentro de uma caixa de madeira. Era uma coisa velha, pesada e inconveniente, com um botão cheio de nomes de cidades do Leste Europeu. Eu não tinha nenhum disco, mas pegara emprestado o *Made in Europe* do Deep

Purple de um colega do colégio. É um disco ao vivo. Uma das faixas tinha me deixado chocado: "Mistreated". Fiquei tão louco por ela que pensei em pôr o despertador pra tocar no meio da noite só pra acordar e escutar mais uma vez. Ouvi aquele disco sem parar por quatro dias; só fiquei com ele por quatro dias. Eu punha o volume no máximo e as válvulas faziam a guitarra do Ritchie Blackmore soar ainda mais distorcida. O disco tinha um encarte dobrável e dentro dele havia fotos da banda em shows. Os cabelos deles eram muito compridos. O Ritchie Blackmore tinha uma Fender Stratocaster; o baixista, um Rickenbacker. Na hora de dormir, eu olhava praquelas fotos como um monge contemplando figuras sagradas. Mas nunca pensei que *eu* pudesse estar numa banda, nunca me imaginei tocando guitarra, nem mesmo depois de conhecer o Virgil e a banda dele.

Tudo mudou depois da minha descida até o The Grotto. A partir daquele momento, tudo que eu queria era ser guitarrista e tocar com o Paul, usar uma blusa com gola em V e um colarinho alto, comer porco grelhado com batata frita e picles todos os dias, beber cabernet búlgaro e conversar com garçonetes altas e esbeltas.

3

No sábado seguinte, voltei ao The Grotto. Queria contar da minha guitarra pro Paul, mas tinha que ser na mesa deles, depois do último set. Eles tocaram muito bem naquela noite. O lugar estava lotado e todo mundo dançava. Durante a música do Supertramp, vi a Oksana perto do palco; ela estava dançando e, de vez em quando, parecia tocar uma bateria invisível.

Às nove e meia, eles desligaram os amplificadores e voltaram pra mesa. Todos acenderam um cigarro e eu pensei, vou deixar o Paul dar umas tragadas antes de contar minha grande novidade. Aí o Mr. Bumblebee olhou pra mim e perguntou: "Quantos baixos Rickenbacker você acha que existem na Romênia agora?".

"Ah, não, de novo não", o Marius disse.

"Existem três 4001, um 4000 e um Ibanez que é uma cópia do 4001."

"Pelo amor de Deus, como você sabe?"

"Eu te digo como eu sei. Alguns anos atrás..."

Mas ele não terminou a frase porque dois caras haviam chegado à mesa. Um deles tinha uma mochila; ele abriu a mochila e ela estava cheia de latas de cerveja Tuborg, e começou a dar uma pra cada pessoa na mesa. Naquela época, os grandes hotéis tinham umas lojinhas onde todos os produtos eram importados do Oeste — só estrangeiros podiam fazer compras ali, e apenas em dinheiro vivo.

"*Kennen Sie 'Zabadak'?*", o cara da mochila disse.

"*Zaba* o quê?", perguntou o Paul.

"Saragossa Band", o outro disse. "*Klasse. Nummer eins der Hitparade.*"

Eram dois turistas alemães bêbados; dois turistas alemães bêbados da Alemanha Ocidental, já que tinham comprado todas aquelas latinhas de Tuborg.

"É uma música", o Marius disse, abrindo a cerveja, mas não completamente — a gente não estava acostumado com aquele tipo de lacre, na época nenhuma das nossas bebidas era vendida em latas —, e a espuma branca começou a jorrar, e o Marius bebeu a espuma e depois tomou um golão, mas a cerveja estava com muito gás e quase tudo foi parar no nariz dele, e ele acabou tossindo que nem louco.

"Isso é *Bier mit Gas*", o Mr. Bumblebee disse, rindo, e todos abrimos as nossas latas, a espuma branca começou a sair delas, e a gente bebeu a espuma e depois tossiu que nem louco, mas não o Paul, porque ele não tinha aberto a lata dele.

Os dois alemães sorriram, e o que nos deu as latinhas disse: "*Bier für Musik*".

"Cante que a gente toca", o Mr. Bumblebee disse.

"*Was?*"

"Eu conheço essa maldita 'Zabadak'", o Marius disse. "A gente toca pra vocês. Mas não vai ser barato."

"Olha só", o Paul disse, "*dieser Man*, Herr Bumblebee, *dieser Man* gosta de jazz, então ele não sabe tocar *Nummer eins der Hitparade*. *Verstehen Sie?* Ele viu o Charles Mingus em Bucareste, se você consegue imaginar. Consegue? O Mingus? Jazz?"

"'Zabadak', vodca", o Marius disse.

"*Was?*"
"*Wir* 'Zabadak', *Du* vodca."
"*Euer teuerster Drink...*"
"O quê?"
"Ele quer saber qual é o drinque mais caro que temos aqui. Garçom, uma garrafa de rum Havana Club."
"*Prima. Cuba Libre! 'Zabadak'!*"
"Pessoal, chega", o Paul disse.

Mas um garçom já tinha chegado com uns copinhos e uma garrafa já aberta de Havana Club. Ele colocou tudo na mesa e encheu os copos.

"*Prost*", os alemães disseram, virando os copos.

"Proust", o Mr. Bumblebee disse, rindo, e todos viramos o copo, e foi como se eu tivesse levado um soco no estômago. O único que não tinha tomado nada era o Paul. O Mr. Bumblebee subiu no palco, foi pra trás da bateria, sentou-se no banquinho do Paul e, depois de algumas viradas simples na caixa — tão altas que achei que ele tivesse martelos nas mãos, não baquetas —, disse: "Certo, pessoal, vamos lá", e caiu do banquinho. Mas logo se levantou, sozinho, sentou-se de novo no banquinho do Paul, e caiu de novo. Ele se levantou, dessa vez com dificuldade, sentou-se no piano e disse: "Pronto quando vocês estiverem".

Aí o Marius subiu no palco, pegou a Fender do Peter, pôs todos os controles do amplificador no máximo e, antes de a gente se dar conta, uma microfonia altíssima começou a sair da Celestion do Peter, enchendo o The Grotto inteiro.

"Vamos", o Marius gritou pro Paul, "não dá pra fazer isso sem um baterista. Sem bateria, *kein* 'Zabadak'".

A microfonia estrondosa acabou, e o Paul disse: "Apesar de vivermos numa sociedade multilateralmente desenvolvida, certos bateristas não podem tocar certas coisas. *Klar*?".

E foi embora.

Corri atrás dele e depois de um tempo perguntei: "Paul, quem é Charles Mingus?".

"Um gênio. Ele tocava contrabaixo. Jazz, jazz de verdade. O Mr. Bumblebee realmente viu o Mingus em Bucareste. Na Sala Palatului. Décadas atrás. Deve ter sido no fim do degelo. O fim do degelo... O Mr. Bumblebee tem dois álbuns com o Mingus. Um com um grande pianista, Don Pullen. Quando o Marius bate com força demais na Hohner dele, o Mr. Bumblebee grita pra ele: 'ко Pullen!'."

"ко Pullen?"

"Sim, porque é como se ele tivesse nocauteado o Pullen. Me desculpe, acho que eu já estou de saco cheio disso tudo."

"Você quer ir embora do The Grotto?"

"Olha só, tem coisas que..."

"Você está de saco cheio de porco grelhado e cabernet búlgaro de graça?"

"Um dia não tinha aquecimento no restaurante e quando a gente tocou 'The Girl from Ipanema', um vaporzinho saía da nossa boca — da nossa, da dos garçons, da dos clientes. Os vapores de Ipanema. Mas não, não é só o The Grotto."

"Você quer sair da banda? Paul, sua banda é ótima."

"Sabia que todas as bandas que tocam em bares, restaurantes, casamentos privados e tudo mais precisam ter o repertório aprovado?"

"Por quem?"

"Pela Associação de Artistas Freelancers. O Marius foi lá em setembro, bem antes de começarem no The Grotto, com o primeiro baterista deles, e deram pra ele duas listas de músicas: uma longa, só com músicas romenas, velhas e novas; e uma segunda, bem curta, com alguns sucessos italianos, franceses e sérvios. Sergio Endrigo, Mireille Mathieu. E o Marius teve que escolher umas trinta músicas da primeira lista e umas cinco da segunda. Ele escreveu os títulos num pedaço de papel e deixou a lista ali, pra aprovação. Quando o papel voltou, aprovado, essas músicas viraram o repertório da banda, que precisa ser seguido."

"E o Supertramp?"

"Foi ideia minha. Eu pedi pro Marius falar com o Camarada B. B., o gerente do restaurante. O Marius disse pra ele: 'Camarada Gerente, será que a gente pode tocar outra coisa? Vamos enlouquecer com esse repertório aí. 'Să nu ne despărțim' e 'Partirà, la nave partirà'. Tenha dó da gente!'. E o Camarada B. B. disse: 'Tudo bem. Vou fechar os olhos, ou melhor, os ouvidos. Isso porque eu gosto de vocês. Tomem cuidado e não me decepcionem'."

"Você acha que 'Zabadak' está naquela lista curta?"

"O Ceauşescu diz que tudo tem que ser multilateralmente desenvolvido: a indústria, a agricultura, a ciência, a arte, a vida."

"Paul, qual é o seu problema? Você está vivendo seu sonho. Você é um príncipe agora."

"Os príncipes também precisam escolher. Bem, eu sou um baterista unilateralmente desenvolvido. Essa é minha escolha. E eu vou me manter fiel a ela. Porque, se você se contradisser, isso pega mal, meu amigo."

"Sim, mas o que você pode fazer?"

"*Eu acordei hoje de manhã, e ouvi minha bateria...*"

"Como assim?"

"*E ela me disse, viaje o máximo que puder.*"

"Por que você quer viajar? Não está feliz aqui? Paul, acho que você nasceu com dois cordões umbilicais, e ninguém cortou o que te conecta ao seu pai. Você é exatamente como ele, só que as piadas dele são engraçadas. As que eu entendi, pelo menos. Mas aposto que as que eu não entendi também são engraçadas. Mas as suas não são."

"*E foi isso que eu decidi fazer.* Eu vou embora, cara."

"Pra onde?"

"Pra fora."

Eu me senti enjoado e parei pra vomitar. Aí tropecei em alguma coisa e caí.

"Nunca beba rum depois de cerveja. Nem cerveja depois vinho. Você está bem?"

Vomitei de novo.

"Agora você sabe."

"Eu não acredito em você."

"*You got to get in to get out*. Essa é a gênese, pensei. Mas dentro nunca é fora."

"Paul, comprei uma guitarra ontem."

"Você comprou o quê?"

"Uma guitarra. Eu juro. Ela não tem nenhum nome nem logotipo, e só um captador. Mas é boa. Vou comprar um amplificador. E um alto-falante. Paul, tudo que eu quero é tocar com você. Vou estudar pra caramba, você vai ver. Já comecei a fazer umas escalas."

Isso era mentira, eu nunca tinha feito nenhuma escala, e acho que o Paul percebeu que era mentira, mas ele parou e me abraçou.

4

Isso foi num sábado. Na segunda-feira, era o dia de folga deles. Na terça de manhã, a recepcionista do hotel bateu na porta do Paul e disse que o Camarada B. B. queria vê-lo de imediato no escritório dele. O nome dele era Borcea; ele tinha o cabelo lambido de brilhantina e todo mundo o chamava de Camarada B. B., uma sigla pra Camarada Borcea Brilhantina.

O Paul foi até o The Grotto e entrou no escritório do Camarada B. B. O homem estava esperando por ele, com um chapéu de astracã na cabeça e um *trench coat* acinzentado sobre os ombros, e o Paul disse pra si mesmo que a partir de agora eles deveriam chamá-lo de B. B. King de Astracã. Ele pediu que o Paul se sentasse, ofereceu um cigarro a ele, um Kent, pegou um isqueiro, esperou o Paul inalar e depois exalar, e aí perguntou sem rodeios: "Paul, você disse que existem dois presidentes romenos neste mundo?".

"Como assim?", o Paul perguntou, tossindo.

"A piada com os dois presidentes romenos: você contou aqui, no restaurante?"

"Ah, *essa* piada. Sim, acho que contei. Mas só uma vez."

"Pra quem você contou? Esqueça, não quero saber. Paul, escute. Eu não só deixei vocês cantarem em inglês, também fiz vista grossa quando alguém me disse que um de vocês tinha contado uma piada inapropriada. Tenho um pouco de influência nesta cidade, sabe, porque gente influente vem aqui. Posso salvar sua pele se isso ficar aqui dentro. Mas fazer trocadilhos sobre nossa sociedade multilateralmente desenvolvida na frente de turistas estrangeiros, isso é demais. Demais mesmo. Isso eu não aguento. Preciso te mandar embora, Paul. Hoje. Guarde a bateria, vá pro hotel, arrume suas coisas e ligue pro seu pai. Diga pra ele vir te buscar. Quero a bateria fora daqui hoje, antes das quatro. Ficou claro? Estou pessoalmente decepcionado com seu comportamento. Não fale com ninguém sobre isso. E não quero nenhum adeus. Só vá embora."

Naquela época, o Mandela estava na prisão e o presidente da África do Sul era um cara chamado Bota, com um "t" ou dois, nunca sei. Já que Bota também é um sobrenome romeno, a gente podia perguntar: "Quantos presidentes romenos há no mundo?". E a resposta seria: "Dois". Essa era a piada.

A TOCA DOURADA

I

O Paul ligou pra alguns caras que ele conhecia, mas nenhuma banda estava procurando um baterista. O problema era que, depois dos dezoito anos, era proibido estar desempregado, a não ser que você fosse estudante, um recruta, aposentado ou morto. As coisas eram assim. É isso que os líderes de sindicato deveriam estudar hoje, a história da Romênia socialista.

Estando desempregado, o Paul era meio como um fora da lei. No entanto, depois de sei lá quantas semanas, alguém deu uma dica pra Şuncă — um pequeno teatro tinha um depósito onde guardavam cenários e adereços, e eles precisavam de um guarda, algo assim, das nove às seis; alguém pra estar ali caso um diretor quisesse aparecer e procurar entre os velhos cenários deles. Isso foi difícil pra todos: como um rapaz inteligente como o Paul podia trabalhar sendo segurança de um monte de lixo? Mas o Dan insistiu que ele devia tentar; pelo menos não era um trabalho numa fábrica. Por fim, o Paul foi ao teatro, conversou com uma mulher de lá e conseguiu o emprego. O depósito era numa área antiga de Bucareste, numa rua de paralelepípedos; ele tinha uma marquise de ferro fundido e vidro, e era impossível dizer o que aquele lugar havia sido antes de ter virado um teatro. Havia um cômodo central, bem alto e bem largo, e três outros cômodos, também altos, mas não tão largos. Todos estavam repletos de mobília de todos os estilos, tapetes, portas, janelas, cortinas, lustres, espelhos e inúmeras coisas falsas: paredes, fliperamas, lareiras, árvores, postes de luz. Sabe-se lá em quais peças tinham sido usados. O Paul tinha que abrir o lugar às nove da manhã e fechar às seis da tarde. Era só isso. Ele não tinha mesmo nada pra fazer. Não tinha telefone lá, nem aquecimento, e o lugar inteiro parecia estar deserto há tempos. O Paul não sabia quem era seu chefe. Disseram pra ele entrar em contato com o contador do teatro duas vezes por mês pra pegar o salário, que era miserável, mas, como o Paul morava com os pais, até que dava pro gasto.

2

Naquela época, as lojas de discos tinham, principalmente, artistas romenos e do Bloco Oriental. Não era tão ruim em questão de música clássica, por causa dos vários pianistas, violinistas, violoncelistas e orquestras soviéticas brilhantes, mas o rock era outra história; as bandas do Bloco Oriental simplesmente não eram boas. No mercado negro dava pra encontrar várias coisas, mas elas não eram baratas: pelo preço de um Hendrix dava pra ir numa loja de discos e comprar cinco Oistrakhs. Então, em algum momento, a Romênia importou vários álbuns de rock relançados por uma empresa indiana, e por um dia *Houses of the Holy*, *The Dark Side of the Moon*, *A Night at the Opera* e *It's Only Rock and Roll* ficaram à venda por preços razoáveis na Muzica, a maior loja de discos de Bucareste. Deve ter sido como Paris em maio de 1968. O.k., estou exagerando — não tinha nenhuma barricada, mas as pessoas invadiram a loja como uma manada. O Paul era jovem demais quando isso aconteceu, mas a Şuncă esteve lá naquele dia e comprou dois discos pro Paul (ela não tinha saído com muito dinheiro): o primeiro do Dire Straits e *The Dark Side of the Moon* (ela também comprou um disco com músicas indianas, porque aquela empresa indiana vendia música indiana também, e a cada dois discos de rock você precisava comprar um disco de música indiana). Esses dois discos, mais um que o Paul comprou muito tempo depois no mercado negro — Frank Zappa and The Mothers of Invention, *One Size Fits All* —, eram as joias da sua coleção de vinis, que era bem eclética: *La Storia del Jazz* (uma caixa com quatro discos), Bobby Solo, Locomotiv GT, Francy Boland & Kenny Clarke Big Band, Procol Harum, Progresiv TM (uma banda romena), *Eve* de Alan Parsons, *Get Up Offa That Thing* do James Brown,

The Temptations (com "Papa Was a Rolling Stone") e *My Goal's Beyond* do John McLaughlin (do qual, quando o conheci, Paul só tinha a capa; ele havia perdido o disco). Alguns tinham sido presente, outros ele mesmo comprou.

Eu já tinha ouvido falar do John McLaughlin, o guitarrista mais rápido do mundo, mas os discos dele eram uma raridade, mesmo no mercado negro; perguntei pro Paul milhares de vezes como ele tinha perdido aquele disco, mas ele não conseguia se lembrar. *My Goal's Beyond*: escrevi essas palavras em todo lugar, nos meus livros didáticos, na pulseira do meu relógio, na carteira do colégio. Por fim, comprei uma camiseta branca e pedi pra um colega que sabia como imprimir coisas em camisetas pra estampar essas palavras nela. E aí eu usava essa camiseta todos os dias.

Depois da primeira semana, o Paul levou toda a coleção de vinis dele pro depósito, junto com o Supraphon, uma vitrola estéreo feita na Tchecoslováquia que tinha um amplificador integrado e dois alto-falantes separados. Eu ia pro depósito todos os dias, logo depois das aulas: de vez em quando, eu ia primeiro pra casa e pegava minha bicicleta. O Paul também costumava ir de bicicleta pro depósito. A gente fumava, conversava e escutava os discos dele. Os Double Horses tinham acabado e agora a gente fumava uns cigarros romenos terríveis, sem filtro.

O preferido do Paul era o *One Size Fits All* do Zappa. Você conhece a capa? Cara, que capa estranha: um sofá flutuando num universo estrelado. Aquilo é rock? Claro, mas músicas de rock não se chamam "Sofa nº 1" e "Sofa nº 2". Em "Sofa nº 2", o Zappa canta em alemão — porque ele é Deus, e já que o universo parece funcionar direitinho, seu criador só pode ser um artesão alemão; ou foi isso que o Zappa pensou. Ele canta com um "r" bem forte, e o Paul disse que, de vez em quando, ele canta, de propósito, atrasado em relação à banda. Não consegui perceber.

Depois de uma semana, o Paul levou a bateria dele e disse pra eu levar minha guitarra. Achei que fosse desmaiar.

3

"Por quê?"

"Pra gente tocar."

"Juntos?"

"Você não disse que queria tocar comigo?"

"Sim, disse. Mas, Paul, eu só sei tocar os primeiros riffs de 'Mistreated'."

"Então é isso que vamos tocar. Eu conheço."

"É a versão ao vivo."

"Não se preocupe. Também conheço essa."

"Mas, Paul... não tenho um amplificador."

"É claro que tem. Aquele rádio no seu quarto tem um alto-falante grande e é cheio de válvulas. Ele deve ter uma tomada na parte de trás, uma tomada de três pinos, provavelmente. Você só precisa de um cabo, um conector pra uma tomada de três pinos. Acho que eu tenho um em casa.

Você pode pegar. E não se preocupe, eu pego o carro do meu pai e te ajudo a trazer tudo pra cá. Não dá pra carregar aquele monstro sozinho."

Era inacreditável eu nunca ter pensado em usar meu rádio como amplificador; quando consegui falar de novo, disse: "Paul, você nunca me ouviu tocar".

"Escuta só", ele disse, "eu quero tocar com você e você quer tocar comigo. É só isso que importa. E não acho que você seja ruim, só não consegue imaginar que pode ser bom."

O Paul chegou com o Škoda dos pais dele e levamos minha guitarra e meu rádio pro depósito. Naquele dia, ele me deu um presente: um conjunto novinho de cordas Fender Super Bullets banhadas a níquel. Elas devem ter custado uma fortuna no mercado negro. Substituí minhas cordas lamentáveis por aquelas maravilhas banhadas a níquel, afinei a guitarra, conectei-a ao rádio com o cabo que o Paul havia me dado (o rádio tinha mesmo uma tomada de três pinos na parte de trás), aumentei o volume, não no máximo, mas quase, e esperei as válvulas aquecerem. O Paul foi até a bateria dele e disse: "Pode começar, não se preocupe comigo", e eu precisei reunir toda a minha coragem pra tocar aqueles riffs iniciais de "Mistreated", ou, melhor dizendo, minha versão deles.

Deixe eu te contar: você nunca se esquece da primeira vez que toca com um baterista. Minhas cordas novas eram muito macias e leves, e minha guitarra tinha um som alto e um pouco distorcido por causa das válvulas.

Agora, quanto tempo um baterista e um guitarrista conseguem ficar tocando "Mistreated"? Uma hora? Duas? A gente tocou durante dias; por mim, poderíamos ter tocado pra sempre.

Depois de sei lá quantos dias, o Paul disse que eu não devia tocar nas cordas com tanta força o tempo todo.

"Se você começar tão alto assim, pra onde vai depois? Comece baixinho, vá aumentando e guarde o mais alto pro final. É tipo, você sabe..."

"O quê?"

"Sexo, cara."

"Entendi."

"Não toque como um roqueiro. Rock é música de criança."

"Por que rock é música de criança?"

"Porque não tem preliminares."

"Preliminares?"

"Sim, preliminares. O rock te ataca logo na primeira nota. Ele foi inventado por crianças pra crianças."

E qual é o problema disso, eu quis perguntar, mas não falei nada.

"Tá, mas 'Mistreated' é rock, não é?"

"Pra mim, parece mais blues. Enfim, não somos mais crianças. Então vamos tocar uma progressão de blues de doze compassos."

Eu disse que não sabia o que era uma progressão de blues, e ele falou: "É bem simples. Tente isso: mi, lá e si. Toque só acordes de duas cordas. Quatro mis, dois lás, dois mis, e por aí vai. Doze compassos no total. Isso é uma progressão de blues". Antes de eu conseguir dizer qualquer coisa, ele fez uma contagem de dois compassos com as baquetas e começou. Tentei tocar como ele tinha dito e mandei muito mal, mas ele não se importou.

Aí ele disse pra eu tocar a progressão duas vezes, fazer um solo de doze compassos e tocar a progressão mais uma vez. Eu disse que não sabia que notas tocar num solo, ele disse que era simples, porque eu devia usar só cinco notas: mi, sol, lá, si, ré e mi.

"Como você sabe tudo isso?", eu disse. "Você é baterista, não guitarrista." Ele disse que havia aprendido tudo com o Mr. Bumblebee, que tinha visto o Charles Mingus ao vivo em Bucareste.

Depois de uma semana, eu conseguia tocar uma progressão de blues em mi, fazer um solo (em que eu tentava tocar a maior quantidade possível daquelas cinco notas), voltar pra progressão, fazer um crescendo e terminar tudo isso com um vibrato forte e amplo.

Aí o Paul inventou outra coisa.

"Quando você fizer o solo, toque menos notas."

"Por quê?"

"A gente precisa ouvir um ao outro e interagir, e pra isso a gente precisa de espaço."

"Espaço?"

"Sim. Eu abro espaço pra você, você abre espaço pra mim."

"Paul, você disse pra eu não tocar tão alto, e tudo bem, porque fez sentido. Agora está me dizendo pra tocar menos notas, mas se eu tocar menos notas como as pessoas vão saber que eu sou um bom guitarrista?"

"A música não tem nada a ver com o que as pessoas *acham* de você, nem com o que *você* acha de você mesmo. Não julgue o que está tocando — ah, isso é legal, isso é uma merda. Esqueça o julgamento. A música não tem nada a ver com ser famoso ou com saber fazer *shred*."

"Então tem a ver com o quê?"

"Cara, toque um solo socialista."

"Um o quê?"

"Você sabe, sem salsichas."

E nós dois rimos, porque os guitarristas romenos chamavam os *licks* rápidos de "salsichas", e naquela época as salsichas estavam em falta.

Depois a gente começou do zero, com nossa progressão em mi, e na hora do meu solo eu toquei menos notas e foi uma merda. Foi uma merda porque eu não estava no ritmo, e qual pecado maior do que não estar no ritmo? Achei que o Paul fosse me expulsar do depósito, mas ele não fez isso.

"Tente ficar logo atrás de mim. E se liberte! Não precisa ter medo, se mexa. Se mexa, pelo amor de Deus!"

O depósito não tinha aquecimento, era novembro e fazia muito frio ali, mas a gente não se importava. A gente só queria tocar. O Paul tinha achado um sofá no depósito e a gente pôs atrás da bateria; achamos que seria necessário durante nossas pausas, mas a gente nunca fazia pausas. O tempo todo em que estávamos ali, a gente tocava — ele no banquinho atrás da bateria, eu parado na frente dele. Em algum lugar perto do surdo, numa cadeira, ficava nosso cinzeiro, uma caixa de alumínio de *halva* búlgara vazia.

Minhas notas estavam bem ruins, e quando minha mãe me perguntou como estavam as coisas no colégio, eu disse que tudo estava bem e que agora eu fazia parte de um grupo que tinha começado a fazer pesquisas em zoologia, e minha mãe acreditou. A gente ia ao depósito aos domingos também, e eu dizia pra ela que estava indo com o grupo a um museu de história natural.

4

O depósito ficava num bairro cheio de casas antigas, e algumas delas tinham umas lojinhas no térreo. Em cima das portas de entrada havia velhos letreiros pintados à mão que diziam *Cafea* ou *Delicatese*, mas agora todas estavam vazias. Os lojistas quase nunca estavam por ali; não havia nada pra roubar das lojas. Em outra época, eles vendiam *halva* búlgara, mas a *halva* búlgara já tinha desaparecido fazia muito tempo.

Numa manhã cinzenta de domingo em novembro, com nuvens pesadas e tudo mais, minha mãe me acordou e nós dois fomos ao mercado e compramos tanto repolho quanto era possível carregar. Primeiro botamos na cozinha, no chão, e minha mãe lavou, lavou tudo, e depois nós dois levamos todo aquele repolho pro nosso depósito minúsculo, no porão do prédio, onde minha mãe enfiou tudo num barril de plástico verde com água e sal. Todo aquele futuro *sauerkraut* deveria durar até a primavera.

Pro café da manhã, ela me deixava uma fatia de pão preto e uma xícara de chá de limão (como se quisesse me acalmar, sabendo que eu odiava pão preto). Ela também deixava uma colher de sopa na mesa, como um convite pra comer uma porção de sopa (a gente sempre tinha um pote grande com sopa de legumes na geladeira). Eu enfiava a fatia de pão no bolso e saía sem comer nada, e no caminho pra escola eu dava o pão pras pombas no parque onde ficava o busto do Garibaldi. Minhas aulas terminavam à uma ou às duas da tarde, e da escola eu ia pro depósito. Não sei como a Șuncă fazia, mas ela conseguia dar um sanduíche pro Paul de almoço — duas fatias de pão branco e duas fatias de salame romeno, chamado *salam italian*. O Paul me esperava e a gente dividia o sanduíche dele, uma fatia de pão e uma de salame pra cada um. A gente comia como dois cães famintos — o pão e o salame iam direto pro nosso duodeno, sem ser mastigados.

Certo dia, quando cheguei no depósito, o Paul disse que tinha esquecido o sanduíche em casa. A gente tocou a progressão duas vezes, e depois ele disse que meus dedos estavam muito molengos.

"Sim, molengos. E não deviam estar. Por que você não deixa os dedos tocarem o que *eles* querem?"

Naquele momento, logo depois de ele dizer isso, alguém bateu na porta, como se as palavras dele tivessem sido um tipo de deixa. A gente achou que só podia ser alguém do teatro, alguém que havia descoberto que o Paul estava tocando blues com um amigo no depósito, alguém que tinha vindo demitir o Paul. Desliguei meu rádio, coloquei a guitarra em cima dele e o Paul cobriu tudo — a bateria dele, minha guitarra e o rádio — com um tapete enorme que ele rapidamente tirou de algum lugar, não sei como. Aí abriu a porta, e adivinhe quem estava parada ali?

A Oksana.

Fiquei tão aliviado que não era alguém do teatro que quis dar um beijo nela ali mesmo. A gente convidou a Oksana pra entrar, e o Paul disse: "Por favor, sente aí", e ela se sentou no banquinho dele, na bateria, e disse: "Nossa, que lugar enorme".

"É mesmo, né?", o Paul respondeu. "E é todo nosso."

"Fiquei preocupada", ela falou. "Você foi embora sem dizer nada... Pra falar a verdade, achei que o Camarada B. B. tinha te demitido porque, naquela noite, na sua última noite no The Grotto, eu dancei perto do palco, quando você estava tocando a música do Supertramp. E todo mundo sabia que era você que queria tocar aquela música."

"Relaxe, não foi isso", o Paul disse. "Foi por causa de um troço que eu disse. O Camarada B. B. ouviu e ficou bravo. Você conhece o B. B., ele sempre fica bravo. Mas, enfim. Como você sabia que a gente estava aqui?"

"O Mr. Bumblebee me deu seu telefone em Bucareste. Eu liguei, seu pai atendeu, me deu o endereço e disse pra eu aparecer algum dia. Então aqui estou."

Ela ainda trabalhava no The Grotto. Depois que o Paul foi embora, não houve música ao vivo por três semanas e o Camarada B. B. trouxe o próprio toca-fitas de casa pro restaurante ter alguma música.

"Eles tiveram menos clientes naquelas semanas, mas finalmente encontraram um baterista, um amigo do Mr. Bumblebee, que agora está ficando bêbado muito mais cedo do que costumava, ou seja, logo depois da bossa nova. O Marius e o Peter não curtiram muito o novo baterista, que também fica bêbado, mas bem depois que o Mr. Bumblebee. E eles não tocam mais Supertramp."

"Lamento que a gente não tem nada pra te oferecer", o Paul disse. "Tipo bolo ou algo assim."

"Eu trouxe uma coisa pra você", ela disse, procurando dentro de uma bolsa de algodão. "Aqui. Ovos frescos. São das galinhas da minha avó. Ela mora numa vila perto do resort. Na verdade, eu moro com ela. Pego uma condução pra ir pro resort todos os dias, tirando as noites em que fico na cidade com a Mariana, que também é garçonete, mas não no The Grotto."

Ela pôs quatro ovos no colo. Cada um deles estava cuidadosamente embalado em pedaços de jornal; em cada um deles dava pra ver uma parte do rosto do Ceaușescu. O Paul e eu contemplamos os ovos com um brilho no olhar.

A gente teria comido todos eles daquele jeito mesmo, com jornal e tudo.

"Estão cozidos", ela disse. "E eu também tenho um docinho. Vocês nunca vão adivinhar." Ela tirou da bolsa uma garrafa com tampa de alumínio. "Xarope de flor de sabugueiro. Minha avó que fez."

A Oksana começou a abrir a tampa, e o que aconteceu em seguida seria uma cena difícil de recriar. Tipo, se eu fosse um diretor e quisesse ser fiel, todo mundo ia me acusar de estar exagerando. Aquele xarope de flor de sabugueiro feito em casa tinha fermentado e produzido tanto gás que a pressão dentro da garrafa devia ser de pelo menos cinco mil atmosferas. Ela perdeu o controle da garrafa e um jato de flor de sabugueiro — não, não um jato, um gêiser de flor de sabugueiro — eclodiu da garrafa e encharcou tudo ao redor, o sofá, o chão, o teto e a gente. Uma poção de bruxa, eu pensei. Só a bateria do Paul, minha guitarra e meu rádio escaparam, porque o Paul tinha coberto tudo com o tapete. Um tapete mágico, com certeza. Quando a gente olhou pra garrafa, ela estava praticamente vazia, e nós três estávamos encharcados. A Oksana tinha uma pétala no cabelo, uma pétala de flor de sabugueiro, talvez, e o Paul queria tirar, mas o cabelo dela estava grudento e a mão dele também, e a pétala e o cabelo ficaram grudados na mão dele, e a gente começou a rir sem parar.

5

A Oksana aparecia no depósito toda semana, às terças-feiras, o dia de folga dela. Às vezes, ela aparecia aos domingos também. Chegava de manhã e ia embora à noite. A gente quase sempre ia até a estação pra recebê-la, mesmo quando não sabíamos em qual trem ela viria.

Ela sempre chegava cheia de comida: ovos, coxinhas de galinha, queijo de cabra e torta de maçã. As pessoas que viviam no interior se davam melhor por causa do que podiam plantar nos seus jardins. A gente almoçava junto, o Paul e eu comíamos mais devagar, sem jogar tudo goela abaixo. Aí o Paul e eu fumávamos, e a Oksana nos contava sobre o filme que ela tinha visto no Patria na semana anterior.

O Patria era o cinema em cima do The Grotto. O Paul e eu fomos no lobby dele uma vez. O lobby tinha duas bilheterias: *Casa* e *Casa protocol*; a primeira pra pessoas comuns, a outra pra *nomenklatura*.[1] Mas o Patria estava sempre vazio. Ele só exibia filmes romenos; naquela época, um novo filme romeno estreava toda semana.

Uma jovem formanda em fertilidade do solo conseguiu o primeiro emprego numa fazenda onde não há umidade o suficiente pras plantações de milho. O agrônomo da fazenda é um homem teimoso, e quando ela diz que pode ter tido uma ideia que envolve usar uma nascente pra irrigação, ele não a escuta.

---

[1]. Membros da elite administrativa do regime comunista. (N. E.)

Aí a mãe dele aparece. Ela é uma sábia membra do Partido; uma Jedi que percebe que a jovem formanda e seu filho são feitos um pro outro. No fim, os dois se casam e seus filhos crescem brincando num pomar. Esse é um dos filmes, conforme contado pela Oksana. Ela era a única pessoa que a gente conhecia que via esses filmes, e a gente sempre implicava com ela.

"Não há nada de ruim neles", o Paul dizia. "Por isso é que são uma merda."

E ela respondia: "A vida é boa quando não tem coisas ruins. Por que os filmes precisam ser diferentes?".

O Patria nunca era arejado. O piso de madeira cheirava a amônia e o som era horrível. A Oksana tinha nos contado isso. Ali só havia uma porta de saída grande, e na frente dessa porta ficava uma cortina pesada, de veludo, e cinco minutos antes de o filme acabar, a lanterninha, que era uma senhora, puxava a cortina. Os anéis e o varão da cortina eram de metal e, quando ela a puxava, um tinido sinistro avisava todo mundo que o fim estava próximo. Essa era a única coisa que incomodava a Oksana.

Uma vez, a gente perguntou pra ela de que tipo de música ela gostava, e ela disse que gostava de um cantor de folk romeno, um cara com uma voz suave que o Paul e eu detestávamos. A partir daí, a gente não deixava a Oksana ir embora sem tocar algo pra ela. Não sei por quê, mas, quando ela estava lá, eu sempre tocava melhor.

No fim da tarde, a gente sempre acompanhava a Oksana até a estação.

6

Natal de 1988. Ela disse que a gente não precisava ir até a estação; quando ela entrou, estava trazendo cinco sacolas.

"Otite serosa. É o que eu tenho."

"Tá falando sério?"

"Ha, ha."

"Quem te disse isso?"

"Uma médica que vai no The Grotto. Finalmente, ela me deu."

"É contagioso?"

"Ignore esse cara. Ele é igual ao pai dele."

"Um atestado médico, foi isso que ela me deu. Três dias."

Fui tentar ajudar com as sacolas, mas ela disse: "Vocês dois continuem com a música. Eu tenho coisas pra fazer. E não olhem pra mim, é surpresa".

Peguei minha guitarra e o Paul disse: "Quer saber? Não toque acordes. Toque uma melodia. Vamos cada um tocar uma melodia diferente".

"Quer que a gente faça um solo ao mesmo tempo?"

"Fane, você sabe que eu não curto solos de bateria. Não, eu quero dizer duas melodias. Não vou tocar um *groove*, vou tocar uma melodia."

"Você vai tocar uma melodia?"

"Sim. Baterias são afinadas e têm um tom. Veja o que acontece."

"Posso tocar algo em mi menor?"

"Mi menor está ótimo."

O Paul tocou mais alto que o normal e eu toquei uma melodia bonita. Alguns barulhos chegavam de onde a Oksana estava, e eu esperei que minha melodia silenciasse tudo. Mas não. Talvez ela não tenha sido tão bonita. Com certeza foi triste, o que dava pra fazer em mi menor? Achei que o Paul tocava mais alto para cobrir esses ruídos.

"Agora vou tocar um *groove*, e você, uma melodia sem tônica. A tonalidade é a casa da melodia. Toque uma melodia que vai embora e não volta pra casa."

"Como assim, *que não volta pra casa*?"

"O.k., comece em mi menor, depois mude pra outra tonalidade, qualquer tonalidade, lá menor, sei lá, mas não volte pra mi menor."

"E você?"

"Não se preocupe comigo. Entendeu?"

"Sim, mas por quê?"

"Só faça isso."

"Vou tentar. Mas não me peça pra tocar *de novo*."

"Uma vez é melhor do que sempre."

"Não entendi."

"Cale a boca e toque essa guitarra!"

Não lembro o que eu toquei, mas o Paul tocou ainda mais alto. Ele começou com uma levada direta, com oitavas no chimbal, e depois partiu pra uns *shuffles* estranhos, tocou tercinas na caixa e abriu o chimbal quando menos se esperava. Houve momentos em que tocou o chimbal com tanta força que achei que ele e os suportes iam cair no chão. Ele parecia flutuar num rio agitado, procurando pelos turbilhões mais perigosos. Aí os barulhos pararam e ouvimos a voz da Oksana.

"Não esqueça que a música é como uma torta. Feita pra ser compartilhada."

A gente olhou pra ela, e ela estava olhando pra gente. Ela estava com aquele sorriso que era, ao mesmo tempo, tímido e convidativo. A Oksana tinha trocado de roupa. Agora estava usando um vestido azul com uma gola de crochê branca. Estava do lado de uma mesa que tinha sido coberta com uma toalha bordada com gansos voadores. Na mesa, três pratos, três copos, uma garrafa, um castiçal com três braços, sem velas, duas bandejas com torta e um prato com *cozonac*, um bolo esponjoso. Ao redor da mesa havia três cadeiras.

Não estávamos mais no depósito; estávamos num lar. Se o Frank Zappa tivesse entrado no depósito, cara, o choque teria sido menor. Eu não conseguia entender em que momento ela fizera tudo aquilo e como a gente não tinha percebido nada. O Paul também estava sem palavras.

A gente se sentou na mesa, e ela nos serviu torta — umas com queijo, outras com repolho em conserva. Comemos em silêncio. O Paul encheu os copos com vinho tinto, a gente se olhou, brindou e bebeu. Depois ela nos passou um pratinho com uma fatia de *cozonac*, e as fatias grossas eram como seções de um universo amarelo habitado por um turbilhão de sementes de papoula, passas e nozes.

"Agora", ela disse, "vamos comer o *cozonac* na varanda", e apontou pro Sofá nº 2.

Mais ou menos uma semana antes, a Oksana tinha achado um sofá de rattan em algum lugar do depósito e pediu que a gente colocasse na frente de uma parede. O Paul o chamou de "Sofá nº 2", e disse que o sofá perto da bateria dele era o "Sofá nº 1".

"Como assim, *na varanda*?", ele perguntou.

"Vocês vão ver. Mas preciso de ajuda. Venham."

Ela nos levou pra um canto do depósito onde ficavam várias telas enroladas e apontou pra uma delas.

"Ah, não", o Paul disse.

"Ah, sim", a Oksana replicou.

"O quê?", perguntei.

"Que breguice", o Paul disse. "Nossa. Fala sério."

"Por favor, Paul. É um cenário lindo. Eu desenrolei. Bem, só um pouquinho."

"Vocês podiam me contar o que está acontecendo?", perguntei a eles.

"Quero que vocês pendurem esse cenário naquela parede", ela disse. "A gente pode admirar a vista da varanda."

O cenário era tão pesado que a gente quase não conseguiu tirá-lo do lugar. Depois de desenrolado, um rio azul apareceu à nossa frente, e depois montanhas verdes; elas tinham picos nevados e, para além delas, um sol nascente amarelo espalhava seus raios poderosos por um céu sem nuvens.

Pendurar a tela na parede foi um trabalho do cão. A gente tirou uns pregos de umas cadeiras velhas, usamos todas as caixas que conseguimos encontrar pra construir uma espécie de escada, e o Paul fixou os pregos com um ferro de passar enferrujado. O depósito era fantástico, nunca dava pra saber o que você podia encontrar ali.

A gente caiu no sofá de rattan sem desenrolar completamente as pontas do cenário, mas o cansaço era tanto que deixamos daquele jeito mesmo. Comemos uma fatia de *cozonac*, e depois de um tempo a Oksana disse: "Está ficando friozinho. Vamos entrar na toca".

Naquela noite, a Oksana ficou com o Paul dentro da toca. A Toca Dourada. Esse foi o nome que ela deu pro lugar.

Quando cheguei em casa, minha mãe estava dormindo. Fui pro meu quarto com vontade de escutar um disco, mas eu não tinha nenhum disco e nem se tivesse teria conseguido escutar. Meu rádio, onde ficava a vitrola, estava lá na Toca.

MARÇO DE 1988

I

"Tem uma coisa que eu não te contei."

"O quê?"

"Conheci a Agripina."

"Agripina?"

"A avó da Oksana, cara."

"Você conheceu a avó da Oksana? Quando?"

"Semana passada."

"Por quê?"

"'Por favor, Paul. Eu falei sobre você pra ela e ela quer te conhecer. Ela vai assar uma torta de maçã só pra você.' O que eu podia fazer? Peguei um ônibus e fui pra Fofolândia."

"Pra Fofolândia?"

"É como a Oksana chama a vila onde ela mora com a avó. Fofolândia. Que na verdade é uma vila triste e miserável."

"Cara, por que ela mora com a avó?"

"É complicado. Os pais dela queriam que ela fosse contadora, mas só o que ela queria depois de terminar o colégio era morar com a avó e ajudá-la. Foi por isso que ela pegou esse trabalho no The Grotto, porque é perto da Fofolândia. Como você sabe, todos os dias ela desce dos belos campos ensolarados e se dirige até o The Grotto..."

"E aí, como foi?"

"A Agripina tinha feito quatro tortas. A gente sentou na mesa. A mesa estava posta pra três, mas só eu comi. E a casa toda estava cheia de paninhos, macramês, cortinas de renda, e tudo bordado, toalhas, lençóis, guardanapos, tudo. Eu não aguento essas coisas. Não aguento mesmo. Ela é o John McLaughlin do crochê."

"Você não devia ter olhado pra eles."

"Eles estão por toda parte. Havia duas sementes de crochê penduradas na fechadura da porta."

"Você devia ter olhado pro seu prato."

"Eu olhei, mas a Agripina não parava de falar. 'A mãe da Oksana não sabe fazer crochê. Ela saiu desta casa quando era jovem, se mudou pra cidade, dançou o twist, acreditou no que o Lênin dizia, se filiou ao Partido e aí se casou. No dia do casamento, dei de presente pra ela doze guardanapos de crochê redondos, cada um com uma flor de seda no meio, cada flor de uma cor diferente. Meu melhor trabalho. No início, eles alugaram um quartinho, e ela deixou meu crochê dentro da mala. Depois o Partido deu um apartamento pequeno pra eles num prédio novo, e ela me devolveu onze dos meus guardanapos. Ela disse que só podia ficar com um porque eles não tinham móveis o suficiente. Ela pôs o que ficou com ela no móvel da TV, com um bibelô em cima, bem na flor. Primeiro um tigre, depois uma bailarina. Eles quebravam com facilidade.' Fane, fiquei com um pedaço de torta entalado na garganta. A Oksana me deu um tapa nas costas, e a Agripina continuou. 'No fim, ela me devolveu o guardanapo da TV também, e, sendo sincera, eu fiquei muito feliz quando vi o guardanapo pródigo voltando pra casa. Mas aí pensei: o que vai acontecer com meus doze guardanapos quando eu me for? Será que vão se separar de novo?' Aí a gente foi pro quarto dela e ela espalhou os guardanapos em cima da cama, todos os doze."

"Eles eram bonitos?"

"Eu já falei, não aguento essas coisas."

Em menos de uma semana, seis macramês chegaram à Toca.

2

"Eu pedi pra ele comprar um pouco de *eugenii*", a Oksana disse. "Eu estava no bonde, e uma mulher entrou comendo um. Era de uma lojinha na estação. Eu estava trazendo uma torta comigo, uma torta de queijo que derrete na boca, mas não conseguia parar de pensar nos *eugenii*, então pedi pro Paul ir comprar um pra mim. Na verdade, quatro."

Eugenia era um dos últimos doces que ainda podiam ser encontrados na época, dois biscoitos com creme no meio.

"Eu podia ter saído do bonde e comprado um, mas queria chegar logo aqui porque tenho uma surpresa maravilhosa pro Paul. Não contei nada ainda, vou contar quando ele voltar. É uma surpresa."

Em galerias e museus, a luz — natural ou artificial, ou uma combinação de ambas — é lançada sobre as pinturas; mas, às vezes, a luz emana das próprias pinturas. É assim que me lembro da imagem da Oksana dizendo "E agora não vejo a hora de ele chegar" — um dos tesouros na pinacoteca da minha memória.

"Quais são as novidades do The Grotto?"

"Ontem, um garçom passou pela mesa da banda carregando duas bandejas pesadas cheias de pratos, copos e garrafas, e ele disse pro Mr. Bumblebee: 'Nossa, que pesado', e o Mr. Bumblebee apontou pra uma mesa onde havia uma mulher grávida sentada e disse: 'Tá reclamando?'. Foi a coisa mais horrível que eu já ouvi, ele devia estar muito bêbado."

Foi aí que eu vi. Os macramês. A pele da bateria e os pratos tinham sido cobertos com grossos macramês — círculos tricotados, feitos de uma linha que parecia mohair. Cada um tinha uma cor diferente. Verde, azul, vermelho, amarelo, bege e laranja. Havia até um no chimbal, o laranja.

"Essa é a surpresa?"

"Você gostou? Fale a verdade, você gostou?"

"O que o Paul disse?"

"Ele ainda não viu. Arrumei tudo depois que ele saiu."

"É, até que é legal."

"Isso também é surpresa. Mas não é a grande surpresa."
Foi aí que o Paul abriu a porta. Ele viu aquele macramê na bateria e se encolheu todo. Deu quatro *eugenii* pra Oksana e foi pra varanda, encarando as montanhas e os rios na frente dele sem nenhuma expressão. Foi bem constrangedor.

Eu disse que tinha uma composição em prosa enorme pra escrever pro outro dia e fui embora.

3

No dia seguinte, o Paul estava de mau humor e a bateria, ainda coberta por aquele monte de macramê.

"Qual era a grande surpresa?"

"Como assim?"

"A Oksana disse que tinha outra surpresa pra você, além *disso*."

"Sei lá. Ela não falou nada. Ficou chateada porque eu não pulei de alegria quando vi isso aqui. A Oksana não contou pra avó dela que eu sou guarda de um depósito. Ela disse que eu trabalhava na administração de um teatro e que no meu escritório tinha umas mesinhas redondas, pra papéis e roteiros, e que elas eram pequenas e redondas, minhas mesas, porque essa é a moda dos escritórios de teatros agora. A Agripina acreditou nisso e disse: 'Vou fazer uns macramês pra proteger as mesas e os roteiros de pegarem poeira. Por que você não tira as medidas?'. E a Oksana disse: 'Ah, eu já tenho, aqui, aqui. E eles pegam poeira mesmo'. 'É claro que pegam', a Agripina falou, 'o Ceauşescu demoliu metade de Bucareste.' Fane, essa deve ser a única bateria do mundo com capinha de macramê."

"Paul, você não pode devolver isso. Não dá. É um presente."

"E agora ela quer fazer uma festa aqui."

"Quem, a Agripina?"

"Não, a Oksana. Uma festa com a Şuncă e o Dan. Ela quer conhecer meus pais. Na próxima quarta-feira."

"Por que na próxima quarta-feira?"

"É 8 de março. Dia da Mulher."

"Com a Şuncă e o Dan?"

"Sim. Porque eles não viram esse lugar como está agora, com a varanda e rio."

"E?"

"Eu disse pra ela que minha mãe não vai deixar meu querido pai sair de casa no Dia da Mulher."

"Por quê?"

"Porque no Dia da Mulher ele gosta de declamar poemas patrióticos dedicados à Camarada Acadêmica Doutora Engenheira e *prim vice-prim ministru* Elena Ceauşescu. Nossa Mãe Primordial."

"O quê?"

"Juro. Não estou brincando. Você vai ver."

4

Mãe amorosa!
Eu, um pequeno falcão orgulhoso deste grande país orgulhoso
Sei que só há uma única mãe

"Cale a boca, seu filho da puta imbecil! A gente conhece essa piada, todo mundo conhece. Cale a boca ou vai fazer a gente ser preso!"

O Dan tinha subido numa cadeira e começado a recitar um poema improvisado com uma voz aguda.

Mas, mãe amorosa,
Na geladeira só há uma única almôndega.
Só há uma, mãe!

O Pirata estava latindo pra ele, a Oksana tinha ficado vermelha e tapado a boca com as mãos, a Șuncă estava tentando baixar a persiana da janela e o Dan se transformara numa vitrola cuja agulha topara com um arranhão que a fazia voltar e tocar a mesma coisa de novo e de novo:

Só há uma, mãe!
Só há uma, mãe!
Só há uma, mãe!

O Paul veio pra perto de mim e bateu palmas. Ele queria que eu fizesse algo, mas eu não sabia o quê. Um, dois, três, um, dois, três. Aí ele disse: "Du-du-du". Meu Deus, eu era tão burro. Eu devia estar respondendo ao vocalista. E respondi.

Só há uma, mãe!
Du-du-du.
Só há uma, mãe!
Du-du-du.

A Șuncă finalmente havia conseguido fechar a persiana (as faixas de madeira sólida tinham ficado emperradas) e caiu no Sofá nº 1 parecendo doente. Nenhuma luz do lado de fora passava pelas persianas. O Paul tinha se juntado a mim e agora a gente era uma só voz cantarolando "Du-du-du". Aí ele pegou minha mão e a da Oksana e nos arrastava ao redor da bateria, com o Pirata latindo atrás da gente. E disse: "Se mexam, pelo amor de Deus, se mexam!". Ele tinha virado uma pipa e queria que a gente fosse a rabiola. E a gente fez isso. A Oksana estava usando uma blusa branca larga, que parecia a camisa de um mosqueteiro, e uma saia marrom comprida. Mas aí ela parou e se curvou, deve ter ficado enjoada de tanto rodar, e eu bati em algo — minha visão não era tão boa e eu tinha deixado os óculos em casa. O Paul nos deixara e a sombra dele agora deslizava ao longo do rio. Não havia uma nuvem no céu, as montanhas na outra margem eram verdes. A gente nunca desenrolou as duas pontas do cenário, e ele parecia um pergaminho — o rio nascendo numa ponta e correndo pra outra.

Foi a última vez que estivemos todos juntos.

OS PORTÕES DE FERRO

I

Pouco tempo depois, o Paul contou pra todo mundo que no dia seguinte iria pra Constanța, uma cidade na costa do mar Negro, pra conversar com um amigo do Marius, um tecladista chamado George que agora estava tocando num restaurante de lá. Alguns dias se passaram e não tivemos mais notícias do Paul.

Depois de três dias, o Dan começou a ligar pra todos os restaurantes de Constanța pedindo pra falar com o George, o tecladista, mas todas as vezes ele ouvia que não tinha nenhum tecladista com aquele nome no restaurante. Todo mundo ficou muito preocupado. "Paul, onde quer que você esteja, volte", eu dizia pra ele na minha cabeça, esperando que ele ouvisse meu chamado telepaticamente. Eu era que nem o cara negro em *O iluminado*; mas o Paul não ouviu meu chamado. Ou talvez tenha ouvido. Só a Șuncă manteve a calma. Enfim, nada nos preparou pro que aconteceu.

2

Mais ou menos um mês depois, o Paul ligou pra Şuncă e pro Dan de Belgrado. Foi uma ligação rápida. Ele disse que tinha atravessado o Danúbio a nado e chegado à costa da Iugoslávia, onde foi capturado por uma patrulha. Agora ele era um refugiado político sob a proteção do Alto Comissariado das Nações Unidas para Refugiados.

Eu vi a Şuncă e o Dan naquele mesmo dia. A Şuncă havia me ligado, mas não tinha falado nada no telefone. Ela estava calma e aliviada. O Dan estava tremendo.

"Pare de tremer, ele está seguro agora."

"Por onde ele atravessou o Danúbio? Perto dos Portões de Ferro? Meu Deus, só o nome me deixa arrepiado."

"Não importa por onde ele atravessou. Ele está seguro agora."

"Ele deve ter pegado um trem e depois um ônibus pra chegar numa vila perto da margem do Danúbio. Mas essas vilas estão cheias de soldados armados, e eles param qualquer pessoa com uma bolsa ou com uma mochila. Você acha que o Paul estava levando alguma bolsa?"

"Sim, com uma boia pendurada."

"Ele conversou com um guia? Não dá pra alcançar a margem do Danúbio sem um guia, e os guias não são baratos. De onde ele tirou o dinheiro?"

"O que você sabe sobre guias de fronteira?"

"Lembra quando a gente foi ao casamento do meu primo? Quando chegamos na vila do meu primo, um grupo de bêbados parou a gente. Você lembra disso? Eles disseram que eram os parentes do noivo e que a gente precisava provar a aguardente de ameixa deles. E se o Paul saiu do ônibus numa vilazinha e encontrou uma festa de casamento e foi forçado pelos amigos da noiva a beber a péssima aguardente de ameixa deles? Deus Todo-Poderoso, o Danúbio não está muito frio nessa época? Acho que está tão gelado que não dá pra atravessar mesmo bebendo uma garrafa inteira de aguardente de ameixa."

3

Dava pra tentar cruzar a fronteira pra Hungria ou pra Iugoslávia. Alguns procuravam guias, outros só confiavam em mapas e bússolas. Alguns tentavam a sorte sozinhos, outros em grupos pequenos. Diziam que, se você deixasse suas botas de molho em petróleo antes de ir embora, os cachorros não iam conseguir te farejar.

Você podia levar um tiro. Ou pior: ser pego pelas patrulhas romenas. Se as patrulhas romenas te pegassem, você acabaria na prisão, e ali você rezaria o dia todo pra ser perdoado no próximo aniversário do Ceaușescu. Durante aqueles anos, no aniversário do Ceaușescu, milhares e milhares de condenados eram perdoados e soltos, até alguns que tinham tentado cruzar a fronteira ilegalmente. Em relação ao que aconteceria se você fosse pego pelas patrulhas húngara ou iugoslava, as histórias variavam. Alguns eram mandados de volta, outros não.

O Danúbio estava muito frio? Quando eu era criança, de novembro a abril, usava uma touca de lã e um cachecol cobrindo meu nariz e a boca, e minha mãe punha algodão nos meus ouvidos. Naquela noite, eu fui pra cozinha, enchi uma garrafa com água da torneira e enfiei ela no freezer. Deixei a garrafa lá por cinco minutos, depois tirei, deitei na cama e a coloquei em cima do peito. Não aguentei nem três segundos. O Paul devia ter deslizado sobre o Danúbio. Naquela noite, sonhei que estava na margem do Danúbio. Não havia ninguém lá, só um pavão enorme, com a cauda aberta.

Na manhã seguinte, senti muita vontade de comer uma coisa doce e tudo que consegui encontrar, num mercadinho, foram bombons de dextrose, um tipo de suplemento pra atletas. Comprei um saco e comi tudo. Quando terminei, senti que era capaz de mover um trólebus com minhas próprias mãos. Mas eu não queria mover um trólebus. Queria trazer o Paul de volta.

4

Liguei pro The Grotto pra falar com a Oksana. A Agripina não tinha telefone. Eu disse que a gente precisava conversar. A gente se encontrou de tardezinha, na Toca.

Quando contei que o Paul tinha cruzado o Danúbio, ela caiu no choro. A bateria ainda estava coberta com os macramês da Agripina.

"Ele deu um endereço pros pais dele?"

"Um endereço? Por quê? Quer dizer, sim, claro, um endereço. A Şuncă deve ter."

"Ele ligou pra você?"

"É claro que não. Todas as ligações do exterior são gravadas, ou escutadas ao vivo. Ele não vai ligar porque não quer pôr a gente em perigo. E você não tem telefone."

"Você sabia?"

"Eu? Nossa, não. Acho que ele não contou pra ninguém. Na verdade, ele me contou uma coisa, no The Grotto."

"No The Grotto? O que ele te contou?"

"Acho que a gente devia ficar feliz por ele. Escute só, quando o terremoto de 1977 começou, um cara que era fluente em alemão estava na cama, e enquanto tudo no quarto caía ele teve uma ideia genial..."

"Ele te disse que queria ir embora?"

"... e o cara pegou a chave do carro e foi pro aeroporto de pantufa e pijama e..."

"Quando ele te contou?"

"Não me lembro. Muito tempo atrás. Enfim, o cara vai direto pra alfândega e começa a gritar, em alemão. Ele diz pros guardas que é um cidadão alemão, que estava hospedado num hotel que desmoronou, que perdeu todas as coisas, o passaporte, tudo, e que ele precisa estar no próximo voo pra Alemanha porque ele é diabético e tem um problema no coração e vai morrer se não tomar insulina."

"Por que você não me contou?"

"E ele continuou falando isso, em alemão, a noite toda, e na manhã seguinte eles deixaram o cara embarcar num voo pra Frankfurt. De pantufa e pijama. Dá pra acreditar? *Klasse. Nummer eins...* Oksana, ele vai se tornar um baterista de sucesso. Esse é o sonho dele."

"E o meu sonho?"

"E ele vai voltar pra fazer um show em Bucareste."

"É claro que vai. E vai ter um equipamento com dois bumbos, e na fronteira ele vai esconder nós dois dentro deles."

"Nós? Oksana, *nós*?"

"Deus, como eu pude ser tão burra? Uma garçonete que mora com a avó."

Ela ficou de pé. Nós dois estávamos sentados no Sofá nº 2. Ela abriu a mão, e na palma estava a chave da Toca. O Paul tinha feito uma cópia da chave pra Oksana. Ela depositou a chave no macramê que cobria a caixa e saiu correndo, mas não conseguiu correr muito rápido.

5

Naquela tarde, levei minha guitarra e meu rádio pra casa. Foi um feito e tanto, porque precisei pegar um bonde e um trólebus, e o rádio era pesado como um portão de ferro. Quando cheguei em casa, já era tarde, então deixei tudo na sala: o rádio ao lado da TV, numa cômoda antiga, e a guitarra atrás dessa cômoda.

No dia seguinte, depois da escola, voltei pra Toca. Eu queria guardar a bateria do Paul e os vinis dele, mas a fechadura tinha sido trocada. Fui contar pra Şuncă e pro Dan que a fechadura tinha sido trocada e que a bateria do Paul estava lá, junto com o Supraphon e os vinis dele, mas eles estavam com problemas mais graves. Eles haviam sido comunicados que, a partir daquele dia, entravam em licença não remunerada. Eles eram membros do Partido? Não sei. Isso deixaria tudo ainda pior. Eu queria ir até o teatro e falar com alguém de lá e explicar sobre a bateria e os vinis do Paul, mas fiquei com muito medo.

6

O desertor do pijama listrado. Eu nunca achei que a história do cara que embarcou no voo pra Frankfurt de pantufa e pijama fosse verdade. Mas esta é.

Era uma vez, nos anos 1970, o líder de uma banda de rock romena que recebeu permissão pra se casar com uma garota do Oeste e então foi embora, legalmente. Mas depois ele percebeu que não era nada sem sua banda, e voltou pra Romênia com um caminhão cheio de amplificadores e caixas pra alto-falantes, algumas delas enormes, e ele e a banda se reuniram pra fazer uns shows. Depois do último show, quando estava prestes a ir embora com o caminhão, ele disse aos membros da banda que era agora ou nunca. Algumas daquelas caixas enormes que ele tinha trazido estavam vazias. Não havia nenhum alto-falante ali dentro. E ele os esconderia dentro daquelas caixas vazias. Ele tinha planejado tudo, mas só contou pra eles um pouco antes de saírem. Um dos membros da banda, no entanto, não estava lá, e não dava pra esperar por ele, então sobrou um lugar numa das caixas vazias, e o líder decidiu dar essa chance pra uma amiga dele, uma mulher grávida que queria dar à luz na Alemanha. Antes de alcançarem a fronteira, ele deu Valium pra eles, e enfiou cada um, incluindo a grávida, dentro de uma caixa vazia. O caminhão cruzou uma ponte sobre o Danúbio, perto da usina hidrelétrica dos Portões de Ferro, e entrou na Iugoslávia. Dali, eles chegaram na Alemanha. Que ótimo líder de banda. Que grávida sortuda.

NÃO HÁ NADA QUE VOCÊ NÃO POSSA FAZER

Șuncă

Não sei como consegui terminar o ano letivo. De repente, era julho. Foi um verão quente. Passei a maior parte do tempo no meu quarto, deitado na cama com a janela aberta ouvindo a conversa das senhoras que passavam, falando sobre o funcho que compraram ou sobre as netas: "Ah, ela é uma gracinha, se você pudesse ver as fotos...". Às vezes, o telefone tocava no apartamento de algum vizinho, e ninguém atendia, porque todo mundo estava no trabalho ou tinha saído pra comprar funcho.

Liguei pro Virgil. "Ele saiu de férias", uma voz gutural me disse; devia ser o pai dele.

Fui a um lago próximo onde garotos e garotas nadavam e tomavam banho de sol. A água era lamacenta, mas o lugar estava sempre cheio. Encontrei um colega da escola lá; a gente comprou duas cervejas, em garrafas de meio litro, e nos sentamos num banco. Minha cerveja tinha gosto de óleo de girassol, mas eu não disse nada. Cerveja e óleo de girassol eram vendidos em garrafas escuras, verdes ou marrons; um litro ou meio litro. As garrafas eram reutilizadas, e às vezes não eram lavadas direito, então era possível beber cerveja numa garrafa que antes tinha óleo de girassol.

Então, certo dia, fui ver a Șuncă e o Dan. A Șuncă abriu a porta, e logo vi que ela estava no meio de uma grande faxina. A porta do quarto do Paul estava aberta e ela estava se preparando pra levar todos os tapetes da casa pro batedor de tapete na quadra de trás. Continuava de licença não remunerada, mas tinha alguns clientes particulares. O Dan não estava em casa. A licença não remunerada dele tinha terminado, mas ele foi forçado a trabalhar num lugar bem longe, fora de Bucareste. O Paul estava bem, mais ou menos. Eles não tinham muita ideia do que ele estava fazendo em Belgrado.

Ela me ofereceu uma taça de aguardente de ameixa (da reserva especial do Dan) e me perguntou o que eu andava fazendo. Eu não andava fazendo nada, mas ela insistiu pra que eu falasse algo sobre mim, e só o que consegui pensar era que eu quase tinha sido reprovado em história, no fim do ano letivo. A professora de história tinha me perguntado sobre o Henrique VIII, e tudo que eu sabia sobre o Henrique VIII era que ele teve seis esposas, e eu só sabia disso porque um colega tinha me dado um álbum do Rick Wakeman, *The Six Wives of Henry VIII*. Então eu disse pra professora que o Henrique VIII tinha tido seis esposas e tentei lembrar da primeira faixa do álbum do Wakeman, mas não consegui, e disse: "A primeira esposa dele foi Castela de Aragão".

A Șuncă disse que era uma ótima história e depois pegou um atlas geográfico enorme, abriu e tirou uma foto em preto e branco dali, uma foto de quando o Paul estava no exército. Ele usava um uniforme. Um sobretudo pesado, um casquete na cabeça; o casquete tinha uma insígnia com o brasão da República Socialista da Romênia.

"Ele nunca me contou sobre o tempo dele no exército", eu disse. "Eu só sei que ele serviu por nove meses, em vez dos dezesseis de costume."

"Ou vinte e quatro, se você for convocado pra marinha. Vale a pena entrar na educação superior só pra fazer nove meses de serviço militar. Lembre-se disso, Fane. Enfim, ele se divertiu bastante no exército. No início, era um janízaro."

"Um janízaro? Mas os janízaros eram os guardas do sultão."

"Quer dizer que você não é tão ruim assim em história."

"Que gentileza..."

"Ele foi de carona com o Dan até o destacamento dele. Eu caminhei com os dois até o carro e, antes de eles saírem, o Dan ligou o rádio do carro. Adivinhe que música estava tocando? 'Waterloo'. A música do Abba. Eles riram, mas os olhos do Dan estavam marejados, e eu disse: 'Não se preocupe, tudo pode acontecer'. E foi bem assim. Depois de umas semanas marchando com botas novas, o destacamento do Paul teve que fornecer alguns figurantes pra uma cena de batalha entre os otomanos e os valaquianos; uma cena que seria incluída em algum documentário. E o Paul teve sorte, ele foi escalado como um janízaro."

"Por que sorte? Os otomanos ganharam a batalha?"

"Não, ele teve sorte porque os valaquianos tinham que ensaiar manobras táticas complexas no topo de um morro, enquanto os otomanos levavam uma vida boa, descansando e fumando a maior parte do tempo. Enfim, na festa de encerramento os dois exércitos confraternizaram, e havia umas crianças ali perto, e elas se perguntaram por que os heróis dos livros de história estavam agora bebendo cerveja com o inimigo. Naquela festa, o Paul conheceu um jovem tenente que estava encarregado de montar uma pequena orquestra, e ele gostou do Paul e ofereceu pra ele a posição de segundo percussionista. Esse foi o estágio do Paul. Tudo que você precisa fazer é imaginar."

"Imaginar?"

"Sabe, Fane, eu cresci num orfanato. Fui abandonada lá quando era muito pequena. Ninguém me disse quem eram meus pais, ou quando eu nasci exatamente. A zeladora do orfanato era uma velha senhora. Ela morava lá, que nem a gente, mas seu quarto não tinha porta, e sim uma cortina de miçangas. Uma cascata de gotas feitas de luz. Teve uma noite em que cheguei chorando no seu quarto. Ela estava fumando atrás da cortina de miçangas e me perguntou por que eu estava chorando. Eu disse que era porque eu queria uma mamãe. Ela me convidou pra entrar no quarto. Ali, numa mesa, a zeladora tinha um baralho. Ela pegou uma carta e disse: 'Imagine qualquer coisa e isso vai acontecer. Não há nada nesse mundo que você não consiga imaginar. Faça como eu. Eu tenho tudo que quero'. E em 1942, quando o diretor do orfanato me disse que eu tinha seis anos, fui adotada. Entendeu?"

"Quem te adotou?"

"Uma judia. Uma viúva. Ela e o marido tinham ido ao orfanato um ano antes. Ela gostou de mim, mas o marido dela queria adotar uma criança judia. Não havia nenhuma criança judia no orfanato, então eles foram embora sem ninguém. Eles não falaram pra ninguém que eram judeus porque, na época, a Romênia era aliada da Alemanha, e eles tinham assumido nomes romenos comuns. Eu só fiquei sabendo disso muito tempo depois. Enfim, em 1942, ela voltou, dessa vez sozinha. O marido dela tinha morrido. 'Ele caiu da sacada', ela disse pra diretora do orfanato. 'Foi um acidente ridículo. Certo dia, bombardeiros pesados voaram sobre Bucareste e ele rezou pra que Deus os levasse pra Ploieşti, pra bombardear os campos de petróleo e as refinarias, e os bombardeiros realmente voaram pra Ploieşti, e ele ficou muito feliz que Deus havia ouvido as orações de um homenzinho qualquer como ele. Aí, umas semanas depois, ele caiu da sacada. Me escute, Deus não o puniu porque ele orou pra que os bombardeiros americanos fossem pra outro lugar, jogar suas bombas na cabeça de outras pessoas. Deus o puniu porque eu queria adotar essa menininha e ele não'.

Ela estava falando de mim. Depois de assinar os papéis, ela me levou pra um canto e disse: 'Me chame de Mamãe Ala'. Ela era baixinha, fofinha e muito querida, e eu fiquei com pena do marido dela ter morrido, mesmo que ele não quisesse me adotar. Antes de ir embora do orfanato, eu fui dar tchau pra velha zeladora, mas ela não estava no quarto. Fui embora com toda aquela gratidão inconfessada dentro de mim, que cresceu pra além do meu entendimento quando vi minha nova casa: um apartamento enorme de três quartos num condomínio maravilhoso. Um dos quartos era meu, e a cozinha tinha uma despensa cheia de potes de geleia. Geleia de cereja. Entendeu? A velha zeladora tinha razão. Não há nada nesse mundo que você não possa fazer. É o que eu digo pro Paul desde que ele nasceu."

Ela deu uma última olhada na foto do Paul com o casquete e tudo mais, e depois a guardou dentro do enorme atlas geográfico. "É engraçado", ela disse. "Cada vez ponho o Paul numa parte diferente do mundo."

O Rosário

Meu querido amigo,
Como você está? E a Oksana?
Estou morando neste hotel desde que saí da prisão. Não conte pros meus pais que eu estava na prisão. O nome do hotel é 1000 Ruža; eu gosto do sinalzinho em cima do *z*. O nome significa "mil rosas". Eu chamo de

o Rosário. Fica ao sul de Belgrado, e não tem nenhuma rosa aqui perto. O Rosário Sem Rosas. Mas tem bastantes árvores por perto, cerejeiras principalmente, e elas estão florescendo agora. Todas as noites eu abro a janela, fumo como um condenado e olho pra elas. Comecei a fumar quando estava no exército... que época tranquila. Enfim. Atrás das cerejeiras há uma parede tomada por uma glicínia gigante. Um cara na recepção me disse que no verão passado havia vagalumes, e que se você saísse de noite eles ficavam voando à sua volta.

    Entrei no Danúbio com um colchão de ar. Tipo aqueles que a gente leva pra praia. Estava tão frio que achei que meu sangue fosse congelar, mas aí peguei uma corrente que não estava tão gelada. Era como se eu tivesse entrado num rio e agora estivesse flutuando em outro. Em algum momento, ouvi o barulho de um barco de patrulha, e pensei que com certeza eles tinham me visto e iam atirar em mim. Mas não atiraram. Pelo jeito, existe uma lei: um guarda de fronteira só pode atirar num fugitivo se a trajetória da bala for paralela ao rio. Digamos que você seja um guarda romeno num barco patrulheiro e aviste um cara nadando na direção da costa iugoslava; você não pode atirar nele se ele estiver entre você e a costa iugoslava, porque você pode errar e acidentalmente matar um guarda iugoslavo. A trajetória é tudo.

    Onde eu estava? Ah, sim, o Danúbio. O Danúbio ficou forte e rápido, e me levou pra longe do barco, mas ele estava me carregando pra costa errada; ou seja, pra costa romena. Aí entrei num redemoinho, um redemoinho muito poderoso, e eu sabia que precisava me segurar em algo firme, muito firme, bem diferente do meu colchão de ar. Vi um pedaço de madeira enorme perto de mim, um tronco com galhos imensos. Eu me segurei num galho e deixei o colchão ir, mas o galho quebrou, escorregou da minha mão, e eu não tinha nada em que me segurar. Foi aí que uma imagem de nós dois tocando na Toca Dourada surgiu na minha mente — nós dois tentando tocar uma melodia sem tônica —, e me agarrei a isso. Depois, desmaiei.

Quando acordei, estava em águas turvas. Eu tinha chegado numa praia, mas não sabia se era do lado certo. Finalmente, consegui me levantar e tirei a bermuda pra verificar meu tesouro: minha certidão de nascimento, minha identidade e um sachê de leite em pó da marca Humana. Eu havia embalado tudo isso em quatro sacolas plásticas e costurado na bermuda. Tinha feito um bom trabalho, estava tudo a salvo. Tinha comprado esse leite em pó ilegalmente de uma moça que trabalhava numa farmácia. Eu queria algo leve com todos os nutrientes do mundo. Estava exausto, então joguei o leite em pó garganta abaixo, mas minha garganta estava tão seca que não consegui engolir, tossi e cuspi tudo, e todos aquele nutrientes nutriram o solo, que eu não sabia se era o nosso ou o deles. Aí uma patrulha me pegou.

Um cara pelado coberto de lama com um pó branco ao redor da boca. Eu olhei pra eles e disse pra mim mesmo: "Estou pronto, tão pronto quanto qualquer pessoa poderia estar".

Eram sérvios. Eles me levaram pra um tipo de quartel militar e depois de alguns dias eu fui logo condenado por cruzamento ilegal de fronteira, com uma pena de três semanas na prisão. A prisão era um barracão enorme, lotado por completo. Havia muitos romenos e búlgaros lá. O papel higiênico estava em falta, mas alguns livros sem a capa estavam circulando pelas celas, e a cada dia eles ficavam mais finos. Que jeito de um livro desaparecer.

Eles me interrogaram várias vezes. Os que eram considerados graves infratores nos seus países de origem, ou aqueles sem documentos, eram mandados de volta. Havia um cara mais velho, um romeno que só falava romeno, e ele queria contar pros guardas, que eram sérvios, que ele tinha um pomar em casa. Ele perguntou pra todos nós, romenos, se a gente sabia como se dizia "pomar" em sérvio, ou em inglês, ou em alemão, mas ninguém sabia. No fim, ele conversou com os guardas sobre seu pomar em romeno, mas mudando a sílaba tônica de cada palavra, de propósito. Não ria. Parecia que ele esperava que, se as palavras romenas soassem estranhas pra um romeno, elas soariam inteligíveis pra um estrangeiro. Não sei o que aconteceu com ele, porque depois me transferiram pra outra prisão — na verdade, pra ala especial de outra prisão, onde a gente tinha uma TV e uma mesa de pingue-pongue. Aí eu fui entrevistado por alguém do Alto Comissariado das Nações Unidas para Refugiados que queria saber se eu era um refugiado político. Contei pra ele que eu tinha sido expulso da faculdade de filosofia e depois mandado embora de uma banda que tocava num restaurante. Contei pra ele que depois eu havia arranjado um emprego de guarda de um depósito, que meus melhores amigos e eu chamávamos de Toca Dourada. Achei que ele fosse gostar de ouvir isso, mas ele não gostou e me fez várias perguntas sobre por que eu tinha ido embora. O tempo todo ele ficou anotando alguma coisa num caderninho, e eu não conseguia entender, pela sua expressão, se ele tinha decidido que eu era ou não um refugiado político. Se ele tivesse decidido que eu não era, os sérvios teriam me mandado de volta. Mas, depois de uma semana, me disseram que eu tinha me tornado um refugiado político e que agora estava sob a proteção da ONU. Aí eu saí de lá e fui mandado pra este hotel, onde todas as despesas estão sendo pagas pela ONU.

 Emitiram pra mim um cartão temporário de refugiado da ONU, *Privremena legitimacija*, que me dá acesso gratuito ao transporte público; só preciso mostrar o cartão pro motorista. Também posso trabalhar. Trabalho quase todos os dias numa carpintaria pequena.

Não ganho muito dinheiro, mas é o suficiente pra comprar *slivovitz* barato e cigarros, que eu compro assim que recebo o salário porque a inflação está galopante.

Na primeira vez que fui pra Belgrado, achei que estivesse sonhando. Era fim de tarde e havia luzes por todo o lugar. Luzes, Fane: as ruas estavam iluminadas. Eles até tinham um McDonald's, dá pra acreditar? Ainda não fui lá, a fila estava enorme quando passei na frente.

Aqui no Rosário, somos um grupo internacional — romenos, búlgaros, albaneses, russos e até uns africanos. Nós todos estamos preparando nossos pedidos de emigração. Estados Unidos, Canadá, Austrália e Nova Zelândia são as principais opções. A Europa Ocidental é difícil e demorada, a não ser que você tenha uma irmã ou irmão morando lá que te patrocine. Alguns não gostam do clima daqui e vão embora, tentam entrar na Itália ou na Áustria, mas se forem pegos vão perder o status de refugiado e provavelmente serão mandados de volta pros países deles. Eu também não gosto do clima e queria ir embora, mas a polícia e o exército estão por todo o lugar, e tem algo estranho acontecendo por baixo dos panos, mas não sei o que é. Ninguém no Rosário sabe.

Enfim, enviei meus documentos pro consulado do Canadá e já fiz uma entrevista.

Certa manhã, a gente estava tomando café aqui no Rosário e um cara da África me perguntou algo em inglês, e eu respondi pra ele, em inglês, com a boca cheia de mel — naquela manhã a gente tinha mel —, e ele me disse que eu tinha um sotaque americano. Então, antes da minha entrevista na embaixada canadense eu comi uma jarra de mel, e o cônsul canadense elogiou meu inglês, apesar de ele ter dito que eu tinha um sotaque irlandês, e disse pro tradutor — um sérvio que sabia inglês e romeno — que ele podia sair pra fumar, o que ele fez. Nem todos fazem entrevista com o cônsul. Ele me perguntou sobre meus estudos e minha experiência profissional. Atrás dele havia um pôster enorme com uma paisagem muito bonita, uma cadeia infinita de montanhas verdes com picos nevados, e em cima deles um sol amarelo com as letras da palavra "Alberta" formando os raios. Eu falei pra ele que estudei filosofia por um semestre e que toquei bateria num restaurante por uns meses, e seu sorriso benevolente, causado pelo meu bom inglês, sumiu. Ouvi dizer aqui no Rosário que açougueiros estão em alta demanda no Canadá agora, então falei pra ele que meu pai é açougueiro e que meu sonho sempre foi ser açougueiro que nem ele. "A gente é muito próximo, sabe, meu pai e eu, em casa a gente só conversava sobre matar vacas e carneiros." O cônsul não disse nada, e você sabe o que eu queria dizer? Que esse meu sonho de ser açougueiro como meu pai nunca viraria realidade na Romênia porque não há mais carne na Romênia. Mas fiquei de bico calado, porque não é uma boa ideia fazer piadinhas durante a entrevista.

As pessoas no Rosário dizem que, se o cônsul te convidar, depois da entrevista, pra escolher um livro numa prateleira, todos eles em inglês ou francês, significa que ele gostou de você. Bem, ele não me convidou pra escolher um livro. Então, vamos ver. Quando fui embora, pensei numa exibição de um cartunista que vi em Bucareste. Um cartunista brilhante. Stănescu era o nome dele. Uma fila enorme na frente de um açougue vazio; duas mulheres na fila estão conversando, e uma delas diz: "Eu não acredito em reencarnação".

Diga pra Oksana que eu sinto muita saudade dela.

E dê um tempo pra sua guitarra. É uma guitarra boa. Dê um tempo pra ela e ela vai se abrir pra você. Um tempo atrás, vi um filme italiano das antigas e, no início, não sabia o que pensar sobre ele, mas depois de alguns dias o filme se abriu na minha memória como uma rosa num vaso.

Do seu amigo,
Paul

A carta tinha sido contrabandeada pra Romênia por uma coreógrafa romena e repassada pra Şuncă. A coreógrafa e a Şuncă eram boas amigas. Como a Şuncă disse pro Paul que a amiga dela estaria em Belgrado, eu não sei. As chamadas do exterior eram monitoradas. Talvez a Şuncă e o Paul tivessem seu próprio código.

"Os artistas são espertos", a Şuncă disse. "Eles precisam ser, entende; eles precisam enganar os censores." Ela estava de bom humor quando me deu a carta. Ela devia ter lido; a carta não estava num envelope.

Liguei pra Oksana no The Grotto pra dizer que tinha algo pra ela.

"Ela se demitiu", disse uma voz de mulher. "Ela não trabalha mais aqui."

"Você sabe o endereço dela? Ela mora com a avó."

"É mesmo? Eu não sabia."

"Sim, numa vila perto do The Grotto. Ela chamava a vila de Fofolândia."

"Ela chamava *o que* de Fofolândia?"

"A vila da avó dela. Ela nunca me disse o nome de verdade."

"Ha, ha, ha."

92000

No fim do verão, voltei até a casa deles. A Şuncă abriu a porta e me abraçou.

"Ele não me contou, Fane. Dá pra acreditar? Eu não acredito. Porque a gente não tem segredos. Enfim, ele está no paraíso. Do purgatório ao paraíso. Finalmente!"

"O Dan achou um emprego em Bucareste?"

"O Paul, Fane, estou falando do Paul. Ele é um imigrante assentado. No Canadá. Hoje de manhã ele me ligou de Toronto. Na minha manhã. Ele recebeu a resposta mais de um mês atrás, mas não contou nada pra ninguém. Como confiar nele? Perguntei pra ele: 'Você tem dinheiro?', e ele disse: 'Não se preocupe, mãe, tenho bastante dinheiro. Não vamos falar disso. Só me diga, como está o gato da tia Florina?'. Mas eu não conheço nenhuma tia Florina, e ele continuou me perguntando do gato dela. Aí a ficha caiu, o gato era você. E eu disse: 'Ele está bem, mas mia demais, deve ser porque não está brincando muito agora', e o Paul disse que morria de vontade de brincar com ele. Depois, perguntei de novo sobre dinheiro e ele disse: 'Escute, o governo canadense pagou meu voo de Belgrado a Toronto. Quatrocentos e oitenta e dois dólares. É um empréstimo, mas sem juros'. E eu disse: 'Como você voou de Belgrado a Toronto?', e ele disse, "Ué, direto, eles têm um voo direto pra Toronto'. Deus abençoe a Iugoslávia, Fane, eles são o país mais emancipado do Bloco Oriental. Dá pra imaginar isso — um voo direto Belgrado-Toronto? Eu não consigo. Daí, em Toronto, uma organização de caridade ajudou o Paul a encontrar um lugar pra morar, e o governo canadense deu pra ele um voucher que vale muito dinheiro, pra ele comprar vários itens essenciais numa loja especial: escova de dente, garfo, caneca, qualquer coisa, e esse foi outro empréstimo sem juros. Ele vai começar a pagar só quando arrumar um emprego, não antes. Eles também deram uns trocados pra ele usar no dia a dia, e de novo sem juros. Que Deus abençoe o Canadá também! Enfim, ele mora num apartamento pequeno em cima de um restaurante de self-service, e o número do prédio é 92000. Como pode isso?"

"Self-service?"

"Não, como pode um prédio ter o número 92000?"

"Será que eles têm uma banda nesse restaurante?"

"Devem ter. E ele tem vizinhos legais. Na porta do lado, um casal aposentado, Martha e David. Ela era bibliotecária e o David trabalhava com logística; não sei o que é isso. O Paul fez um passeio por Toronto e o guia era um russo que disse que você pode esquecer onde foi seu primeiro beijo, mas você nunca vai esquecer onde estacionou o carro pela primeira vez em Toronto. Isso nunca aconteceria em Bucareste. Depois do passeio, ele foi a um shopping enorme e lá dentro havia gaiolas com galinhas, pras crianças verem esses animais na vida real, porque elas nunca tinham visto uma galinha de verdade, apesar de terem comido peito de frango a vida inteira. Nossas crianças só viram peito de frango em fotos. Enfim, naquele shopping o Paul tomou o maior sorvete que ele já tinha visto na vida. Pode não ser *la dolce vita*, a América do Norte, mas você pode falar o que quiser sem ter medo de que o Big Brother esteja gravando e armazenando tudo o que você diz. Ah, e ele comprou um ingresso pra um show do Zappa, mas o show foi cancelado, na verdade a turnê inteira foi cancelada, e em vez disso o Paul foi ao show de um cara chamado Ted Nogent, ou algo assim. Ele ficou surdo por uma semana. Um selvagem, com certeza, esse No-gent. Não ficaria surpresa de saber que ele toca pelado com alguma pele de animal ao redor de virilha. Você o conhece?"

Eu não conhecia.

"O outro vizinho é indiano. Ele frita cebola às sete da manhã com a porta toda aberta. Um dia o Paul bateu na porta aberta dele pra reclamar, mas no fim eles começaram a falar sobre música, e os dois concordaram que música é uma questão de alma, não de dedos. O Paul chama esse vizinho de Costel. Ele disse que o nome de verdade dele é impossível de pronunciar. O Costel morou em vários países, e disse que, pra ele, se mudar de um país pro outro foi como mudar uma pronúncia errada do nome dele por outra. Ele tocava algum instrumento de percussão quando era criança, mas agora estava em Toronto para estudar economia. Enfim, estou tão feliz que eles são boa gente, a Martha e o David. Eles convidaram o Paul pra ir no cinema uma noite, e foram de carro até um cinema local, e na volta o David atropelou um esquilo, e ele e a Martha começaram a chorar."

O rei da comédia

No domingo seguinte, fui convidado pro almoço, pra celebrar o desembarque do Paul no Canadá. O Dan abriu a porta e foi a primeira vez que o vi em muito tempo. Eu esperava ver um pai feliz, mas me deparei com um fantasma; ele estava pálido, cansado, com a barba por fazer.

"Você não vai acreditar nisso", ele disse, me servindo um *schnapps*, "mas nós somos dois exilados nessa serralheria onde estou trabalhando agora, ou melhor, onde não estou trabalhando, porque não tem nada pra eu fazer lá."

Antes, o Dan trabalhava numa fábrica de cadeiras. "Trabalho sentado numa fábrica de assentos", ele costumava dizer.

A gente brindou, mas ninguém falou nada.

"O outro exilado é mais velho que eu. Ele trabalhava num ministério. Ele ia pro escritório com uma pasta de couro imponente, mas ali dentro só tinha um pão que ele comprava de manhã no caminho até o trabalho. Eles nos forçaram a aceitar esse emprego nessa droga de serralheria fora de Bucareste só porque ela fica muito longe daqui. Esse é nosso castigo. Eu fui castigado por causa do meu filho, ele por causa do genro. No papel, somos inspetores de qualidade. Aham! Não tem nada pra inspecionar lá, eles cortam troncos e é isso."

Ele nos serviu outro *schnapps*.

"O genro dele, que figura! Miron. Ele fugiu pra França. Depois de casado, ele pediu pra um amigo pôr o nome dele numa lista de pessoas que estavam se inscrevendo pra um lugar num passeio de dez dias com tudo incluso na França. Ele era professor de francês, o Miron. 'Esse passeio é uma oportunidade única', ele disse pra esposa. 'E esse sempre foi meu sonho, conhecer a França. Se eu me inscrever pra ir sozinho, posso ter uma chance, porque é como se eu estivesse te deixando aqui como abonamento. Uma garantia de que eu vou voltar. Eles nunca vão deixar a gente ir juntos pra um país ocidental.' Só Deus sabe que pauzinhos ele mexeu, porque no fim das contas ele ficou no grupo dos que foram aprovados. Aparentemente, todos pediram asilo político assim que botaram os pés em Paris. O aeroporto inteiro tinha cheiro de croissant fresquinho e de café moído na hora. O que os homens fazem por café e croissant... O Miron tinha casado havia poucos meses. 'Agora, em vez de ele ser o marido da sua filha, ele é o bandido da sua filha', eu disse pro meu colega na serralheria. Ele gostou do trocadilho e agora somos amigos."

A Șuncă entrou com uma bandeja enorme de purê de batata com uma montanha de *schnitzels* de frango.

"Aqui, pegue dois, Fane. Tem bastante. Coma o quanto você quiser. Um dos meus clientes me deu duas galinhas inteiras. Aliás, você ouviu falar desse novo tipo de prédio que estão planejando construir? Cada apartamento vai ter um banheiro, mas nenhuma cozinha, porque todo mundo vai comer em refeitórios gigantes. Dentro de casa, a gente vai ter uma chaleira, no caso de ficar doente ou algo do tipo e quiser fazer um chá de camomila, mas, se a gente convidar um amigo pra jantar, vamos ter que ir pro refeitório e comer o *plat du jour*."

"Quando o Miron chegou em Paris, ele morou numa clínica veterinária, cercado de animais doentes em gaiolas. Era a clínica de um veterinário romeno. Depois ele foi morar com um porteiro romeno, que estava sempre gritando com um garotinho chamado Ulysse. *Ulysse, pas par là!* Depois Deus ajudou o Miron e ele conseguiu um emprego e alugou um quarto minúsculo no último andar de um prédio antigo, perto do *Invalides*. Mas sem banheiro nem cozinha. Paris é assim, meu amigo. Só um banheiro no corredor, pra seis quartinhos. Pra tomar banho, ele tinha que ir num banho público. E não é só isso. Quando o Miron se mudou, uma das paredes do quartinho dele tinha mudado de cor, porque o quarto fica embaixo do telhado e tinha uma infiltração. O senhorio, que é dono do prédio inteiro e presidente de uma famosa casa de *parfum* francesa, tinha chamado a seguradora pra avaliar o dano causado pela infiltração, mas ninguém veio, e aí a parede secou, porque estava fazendo calor, e o *parfumeur* pediu pra ele jogar dois litros de água na parede todos os dias, logo de manhã cedo, até o cara da seguradora aparecer. Dá pra acreditar? E o que o Miron podia fazer? Ele molhou a parede por quase um mês. Aí o cara da seguradora finalmente apareceu, e o *parfumeur* deu pro Miron um faisão que ele havia matado *à la campagne*, como um gesto de gratidão pelo esforço dele de manter a parede molhada. Céus, como o Miron ia cozinhar um faisão com penas e tudo dentro daquele quarto minúsculo? Na chaleira dele? Ele agradeceu o senhorio, pôs a droga do faisão em quatro sacolas plásticas, pegou o metrô e descartou o animal em outro *arrondissement*. Ele tinha medo de largar o bicho perto de onde morava, como se o faisão morto pudesse ressuscitar de dentro da sacola, como um fantasma, dar de cara com o *parfumeur* e contar que o Mairon o jogara fora."

"Falando de animais. Uma moça que faz massagem comigo tem uma prima que mora numa vila, e um dia a prima dela viu uma vaca morta no jardim do vizinho. Uma vaca morta, com as patas da frente numa posição estranha. Só que a vaca não estava morta, porque os olhos dela estavam piscando. Resumindo, o vizinho dela tinha ficado sem feno, e ele queria comprar mais, mas não conseguia achar, e a vaca estava morrendo de fome, e ele decidiu matar a vaca faminta, mas não conseguiu. Você não pode mais matar sua própria vaca, o Partido que decidiu assim. Só um veterinário pode dar uma autorização pra você matar sua própria vaca agora, mas só se a vaca estiver muito doente, ou se ela cair por acidente e quebrar a perna. Então, no fim das contas esse cara quebrou as pernas da própria vaca, com um taco ou algo assim, e depois chamou o veterinário, disse que a vaca tinha caído no jardim e pediu uma autorização pra matá-la."

"Você sabe que emprego o Miron tem em Paris? Deus, que carma! Ele trabalha no laboratório de uma farmacêutica matando ratos. Ele quebra o pescoço deles. Dois mil ratos por dia. Os que sobrevivem depois de terem sido injetados com sei lá o quê, bem, eles precisam ser descartados. Sabe, o laboratório não vai deixar os ratinhos numa gaiola como aposentados. Eles precisam ser exterminados, e alguém precisa cuidar disso. É isso que o Miron faz na Cidade das Luzes. Ele mata dois mil ratos por dia com as próprias mãos, não com um taco ou algo assim. Aposto que eles mencionam na embalagem dos remédios que toda a pesquisa foi feita manualmente. E o que eles pagam por esse emprego? Só o suficiente pra ele morar num quartinho minúsculo sem cozinha e sem banheiro. E não é só isso: ele também precisa se esforçar muito pra não quebrar o pescoço da chefe, a Madame Rebière-Picheavant, uma autoproclamada maoísta. Uma maoísta, pelo amor de Deus! Quando ela falou pro Miron que era maoísta, o Miron disse que o comunismo destrói seu fígado. Em francês, 'fé' e 'fígado' têm a mesma pronúncia, só o gênero é diferente, e o Miron, um ex-professor de francês, disse o gênero errado, apesar de ele estar pensando em 'fé'. Isso deixou a Madame Rebière-Picheavant enfurecida, e agora ela aumentou a cota de ratos estrangulados dele pra três mil por dia."

"É mesmo? E os *nossos* comunistas?", a Șuncă disse. "Vampiros! A neta de uma senhora que vem fazer massagem estuda na Politécnica, em Bucareste. E ela, a neta, teve uns problemas e faltou a tantas aulas que precisou dar o próprio sangue pra ser perdoada. Sim, o próprio sangue, pois foi isso que o Partido inventou: por uma doação de sangue, a Politécnica apaga dezesseis horas de aulas perdidas. A presença é obrigatória, e ela cabulou tanta aula que em certo ponto precisou fazer três doações numa semana, e depois da terceira doação ela foi pra uma aula de socialismo científico, em que o professor estava dizendo pra eles que o espírito é uma manifestação da matéria, e ela desmaiou ali mesmo, na sala de aula, coitadinha."

Eu estava comendo meus *schnitzels* dourados em silêncio, olhando pra Șuncă e pro Dan, agora sem saber qual desses dois infernos — o ocidental e o oriental — era pior.

"O Miron liga pra esposa dele toda semana, mas só por uns minutos. 'Por favor, me perdoe. *Je t'aime.*' Ele liga de um telefone público, ele não tem telefone em casa. E alguém que foi pra Paris e voltou contou pro sogro dele que todos os telefones públicos de Paris estão cheios de peitos e bundas — sabe, anúncios pra homens. O que o Mao teria a dizer sobre isso, hein? Imaginem esse coitado dizendo pra mulher que a ama enquanto os olhos dele estão analisando bundas e peitos durinhos. Um prisioneiro na sua cela erótica ligando pro seu amorzinho."

"Que também mora numa cela — só que a dela nunca abre."

"Acho que estou satisfeito", eu disse, "muito obrigado. Tudo estava muito delicioso."

"Quando o Paul ainda estava no ensino fundamental", a Șuncă disse, olhando pra mim, "na sala dele não havia só um retrato, o retrato do Ceaușescu que todo mundo tem, e sim dois: um do Ceaușescu, em cima do quadro-negro, e um do Caragiale, nos fundos, em cima do cabideiro. Dois gênios, de frente um pro outro — nosso maior líder político e nosso maior dramaturgo cômico. Não sei por que o Paul fez isso — ele estava na quinto ano, vai saber o que se passava na cabeça dele —, mas durante o recreio ele trocou os quadros: ele pôs o Caragiale em cima do quadro-negro e o Ceaușescu em cima do cabideiro. Os colegas dele caíram na gargalhada, mas daí o professor entrou na sala e todas as crianças congelaram, e o professor começou a uivar como um lobisomem que não conseguia mais se segurar. E o Paul disse: 'Desculpe', e o professor disse: 'Você que fez isso?', e pegou o Paul pelas orelhas. 'O que tem nessa cabeça de vento, moleque? Esse Você-Sabe-Quem é... o quê? O rei da comédia? E quem foi seu cúmplice?' Daí ele disse pro Paul e pra um outro garoto, que era o melhor amigo do Paul, escreverem o nome deles num pedaço de papel, foi pro escritório dele e ligou pra mim e pra mãe desse outro garoto. Eu fiquei em pânico porque ele não quis me contar o que tinha acontecido. Quando entrei no escritório do professor, a mãe do garoto já estava lá. Ele disse pra eu me sentar do lado dela e gritou com a gente. 'Vocês sabiam que nossa escola tem aulas noturnas? E que elas são frequentadas por oficiais da milícia que não têm diploma? O que vocês acham que teria acontecido se eles tivessem entrado na sala dos seus filhos antes de mim?' Ele estava num transe, agora um lobisomem completamente transformado, e a pobre mãe daquele garoto não conseguia entender por que ele estava gritando com ela, já que o Paul era quem tinha trocado os retratos, não o filho dela. Esse é o mundo em que a gente vive. Mas o Miron, o *parfumeur* e a Madame Rebière-Picheavant, eles não existem. Você inventou tudo isso, seu lunático, como sempre faz. Rebière-Picheavant. Só você pra inventar um nome desses. Cerveja e... na sua frente. Mas tudo o que eu disse é verdade."

"Sente, Fane", o Dan falou. "Eu ainda não terminei. Ela tem um diário secreto, minha mulher, que eu encontrei no meio das blusas dela. Estava atado com uma fita e quando olhei pra ele ouvi uma voz cavernosa na minha cabeça, sabe, tipo a voz do Bela Lugosi, 'Não puxe a fita, não puxe a fita!'. Mas eu puxei, e vi umas linhas incompreensíveis que pareciam rastros deixados por um inseto que mergulhou em tinta. Isso é estenografia, Fane. Minha querida esposa sabe estenografia. E aquele diário é um segredo dela. Um de muitos. *La signora dei segreti*. Deixei o diário lá, no meio das blusas dela, e procurei alguém que conhecesse estenografia, mas não achei ninguém, e depois de um tempo o diário desapareceu, e agora ela diz que ele nunca existiu."

"É claro que nunca existiu. É tudo coisa da sua imaginação."

"*La signora*, Fane, queria ser bailarina. Só que o arquivo dela foi difamado durante os bons e velhos anos 1950. Em 1953, pra ser exato, quando o Stalin morreu. E eu sei como isso aconteceu."

"Como você sabe?"

"No dia do funeral do Stalin, todos os alunos de todas as escolas foram levados pra uma praça gigante em Bucareste, onde ficava uma estátua imensa do Stalin. Foi um evento altamente coreografado. Eu também estava lá, com minha escola. Eu estava no ensino fundamental. Era março, os garotos e os homens usavam barretes ou boinas. Chapéus eram considerados burgueses."

"Você é jovem demais pra se lembrar de tudo isso."

"Os organizadores queriam que todos os garotos e homens tirassem seus barretes e boinas no mesmo momento da saudação armada na praça Vermelha, em

Moscou, e eles estavam em contato com o pessoal da embaixada soviética, que sabia o que estava acontecendo na praça Vermelha. Mas os próprios organizadores estavam confusos, e todos os garotos e homens se confundiram também. Alguns estavam tirando os barretes e boinas, enquanto outros estavam pondo. A coisa continuou assim, parecia uma piada de um filme do Charlie Chaplin. Um filme mudo, porque era proibido falar. E uma menina linda, que estava no ensino médio, e que mais tarde se tornou minha esposa, caiu na gargalhada, e alguém a viu. E foi isso. Foi assim que ela estragou tudo. Ela riu no dia do funeral do Stalin e alguém viu, e o arquivo dela foi difamado. Depois disso, ela não conseguiu entrar nem numa companhia da dança amadora. E ninguém podia fazer nada a respeito disso."

"Ninguém consegue acompanhar suas lorotas."

"Todos os meus amigos me disseram pra eu não me casar com ela, porque ela é cigana, mulher e órfã, e isso é uma combinação mortal. Mas eu amava aquela menina, fazer o quê?"

Só há uma mãe

Na visita seguinte que fiz aos pais do Paul, o Dan abriu a porta e disse que a Șuncă tinha morrido durante a noite. Fiquei parado na porta, sem saber se deveria entrar ou ir embora, e o Dan também não sabia. A gente ficou parado ali por um bom tempo, em silêncio, e então fui embora e o Dan fechou a porta.

A Șuncă fez vários testes e o médico disse que ela provavelmente tinha um estreitamento da aorta. "Isso é impossível", o Dan falou pro médico. "Ela queria ser bailarina quando era criança." Como se a condição só pudesse atingir mulheres que nunca desejaram ser bailarinas quando eram crianças. A fala do Dan irritou o médico, que disse que não sabia nada de balé, e o Dan disse que então era ele que devia sofrer de um estreitamento da mente.

Era fácil amar a Șuncă. Certa vez, ela chamou uma *femme de ménage* pra ajudar na faxina, porque ela era maníaca por limpeza, e sabe o que ela fez? Ela mesma limpou a casa e, quando a *femme* chegou, não havia mais nada a ser limpo. "O que ela pensaria de mim se encontrasse a casa cheia de pó?", ela disse. A Șuncă desenhava os próprios vestidos e depois levava os moldes pra costureira; havia muitas costureiras naquela época. Ela dizia que o declínio da educação era uma consequência do fato de, em algum momento, os professores terem parado de se importar com suas roupas.

Muitas pessoas foram ao funeral. "Essas são as pessoas que ela curou", o Dan disse.

Depois do funeral, o Dan me convidou pra ir à casa dele comer e beber uma taça de aguardente de ameixa. Quando cheguei lá, três senhoras estavam brigando ferozmente na cozinha ao redor de uma panela enorme. Estavam brigando por causa de salsinha — pôr ou não salsinha no *pilaf* que tinham cozinhado. Elas pararam quando uma disse que se atiraria dentro de um poço se adicionassem salsinha; não havia nenhum poço onde o Dan morava, mas isso foi o suficiente e elas pararam de brigar.

A gente se sentou numa mesa comprida na sala. Do meu lado estava o sr. Voicu, um primo do Dan.

"Quando eu era jovem", o sr. Voicu disse, "o Partido me enviou pra Universidade Estadual de Lomonosov, em Moscou, pra estudar economia. Quando eu penso em como me sentia naquela época, é a mesma sensação de tomar um gole de uma velha aguardente."

Ele era que nem aguardente velha na juventude? Fiquei quieto.

"Naqueles tempos, Moscou estava cheia de belas mulheres de toda a União. Russas, ucranianas, armênias, azerbaidjanas. Eu podia ter me casado com uma delas e me estabelecido lá. Mas não. Depois que voltei, um amigo meu escreveu um epigrama sobre mim. *Impregnado de erotismo, o Camarada Voicu resistiu com heroísmo*. Esqueci o resto. Resisti, sim, porque tinha um amor aqui. Em Bucareste."

Os olhos dele estavam marejados e ele ficou quieto por um tempo.

"Eu gostava daquela época porque a ordem reinava. A ordem — ela é uma coisa ruim?"

Eu não podia acreditar que, no dia em que a Șuncă tinha sido enterrada, precisava ouvir um ex-aluno da Lomonosov, então levantei minha taça — todos nós estávamos bebendo uma aguardente de ameixa bem forte — e disse: "Que Deus a acolha em paz", e isso despertou o Dan, que estava encarando sua porção de *pilaf* desde que tinha se sentado à mesa.

"A ordem reinava naquela época", continuou o sr. Voicu, sem perceber que agora o Dan estava olhando fixamente pra ele, "porque todo mundo acreditava na mesma coisa: matéria. Matéria, não perestroika. E a economia é a matéria da vida humana. E tudo se resume a isto — matéria e produção de bens materiais. Em Moscou, tínhamos um professor excelente que começava todas as aulas com estas palavras: 'É a economia, idiota!'. Nós também estudávamos muita filosofia em Moscou. Até o Marx aparecer, as pessoas eram ingênuas. Mas aí ele surgiu e o véu foi levantado pra que todos vejam que o espírito é apenas uma forma de manifestação da matéria."

"Meu querido primo", o Dan disse, e eu já senti o cheiro de encrenca, "você pode me dizer a primeira frase do *Manifesto do Partido Comunista*, de Marx e Engels?"

O sr. Voicu não disse nada e olhou pra dentro da taça.

"Eu te digo: 'Um espectro ronda a Europa — o espectro do comunismo'. É assim que ele começa, o famoso *Manifesto*. Mas por quê? Quer dizer, pros comunas um espectro é como um dissidente. O que significa então o comunismo ser um espectro? Porque espectros, meu querido primo, não são matéria. Espectros são como ideias. Você não pode tocar neles, mas eles existem. O comunismo é uma ideia. E ideias fazem as coisas acontecerem, não a matéria e a produção de bens materiais. A história flui do jeito que flui porque as ideias moldaram o leito dela. O Marx sabia disso, é claro que ele sabia; mas ele não podia dizer isso diretamente porque, no tempo dele, o materialismo já tinha se tornado o ópio das massas. Então ele disse que é apenas matéria e a produção de bens materiais. Esse era o Cavalo de Troia dele, o materialismo. E o que ele escondeu dentro do cavalo? A ideia de que justiça é igualdade. E por igualdade ele quis dizer isto: que ninguém deve ter mais que o outro. Mas, veja você, a matéria não pode ser compartilhada igualmente. Só as ideias podem. Então, o que o Marx tinha em mente era isto: ninguém deve ter mais ideias que o outro. Aí teremos igualdade, e isso é justiça."

Isso era pura loucura, falar assim, porque qualquer um podia ser um dedo-duro, mas o Dan não se importava. Ele se levantou com a taça na mão. "Foi minha amada esposa que me fez perceber tudo isso. Ela era muito mais inteligente do que eu jamais serei, e abriu meus olhos. Ela abriu meus olhos pouco antes de fechar os dela. Morreu em paz porque o filho não estava com ela. 'Ele fez uma boa escolha', ela disse. Ela sabia que ia morrer e sabia exatamente o que queria vestir no caixão, e só tinha uma preocupação: os sapatos. Ela disse que os sapatos que tinha escolhido pra usar no caixão estavam um pouco apertados e machucavam seus pés."

"Adeus, Dan", o sr. Voicu disse, levantando-se.

"Meu querido primo. Digamos que o Marx e o Ceaușescu fossem primos. Agora, o que você acha que o Marx diria ao primo dele, hein? Digamos que ele, onde quer que esteja, se importasse com o primo. O que ele diria? 'Ei, Nick! Cuidado com os espectros, cara. Os espectros, droga. E releia o começo do *Manifesto*'. Ah, não vá embora..."

Mas o sr. Voicu pegou seu velho casaco e se foi. Depois os outros se levantaram e foram também. "Que ela descanse em paz! Que ela descanse em paz!", até que restaram só nós cinco: o Dan, eu e as três senhoras que brigaram por causa da salsinha — pôr ou não salsinha no *pilaf* que elas tinham cozinhado. Todo mundo estava de pé, e as três senhoras e eu estávamos olhando pro Dan.

"Sentem, por favor", o Dan disse. "Quero dizer uma coisa."

A gente se sentou e ele tomou mais uma taça de aguardente de ameixa.

"A última vez que minha esposa e eu saímos foi no inverno passado, antes do Paul ir embora. A gente foi ver uma peça no Teatro Nacional. Uma adaptação de *O capote* do Gógol. Uma adaptação moderna. Alguém se lembra da história? Não importa. O que importa é que a gente estava atrasado, e, quando entramos no teatro, notei que a chapelaria estava vazia. Não tinha aquecimento nenhum na droga do teatro e todo mundo ficou de capote. Que tal, hein?"

Na hora em que ele disse "Que tal, hein?", as três senhoras já tinham ido embora.

"Desculpe, Dan", eu disse, "mas também preciso ir."

"E quando a gente chegou em casa, ela me disse isto: 'Outro espectro agora ronda a Europa. E logo mais vai aparecer um cara no meio de nós pra dizer que falou com ele e que o espectro disse pra gente se livrar do Timoneiro'. Foi isso que ela disse, Fane. 'Em breve.'"

"Até mais, Dan, e que a alma dela descanse com Deus."

"Eu não vou morrer pacificamente."

"Certo."

"Ele não fez uma boa escolha."

"Eu te ligo, Dan. Eu te ligo daqui a uns dias."

"Faça uma boa escolha, Fane."

Materialismo dialético

O Timoneiro tinha começado a construir praças de alimentação imensas em diferentes áreas da cidade, mas elas estavam vazias e as pessoas as chamavam de *Os Circos da Fome*. A gente tinha circos, mas nenhum pão.

Certa noite, minha mãe me disse que na manhã seguinte mais um circo desses seria inaugurado, e me mandou ir até lá e comprar o máximo de comida possível. Eu disse que precisava ir pra escola, mas ela foi irredutível. Ela havia tentado tirar um dia de folga, mas não conseguiu. Veja só, o único dia em que os circos não estavam vazios era na inauguração, e isso era porque o próprio Timoneiro aparecia.

Minha mãe me acordou às seis da manhã, me deu um monte de dinheiro e oito sacolas reforçadas. Quando cheguei ao novo circo, todas as lojas estavam repletas de ovos, leite, iogurte, queijo, grandes azeitonas pretas, peitos de frango, até mesmo galinhas inteiras, e porco, e carne de gado, e salame e peixe defumado e ovas de peixe, e carpa fresca no gelo, e lúcio, e siluro, e pão e bolinhos e maçãs vermelhas, uvas roxas, grandes batatas amarelas, vinho branco e tinto, óleo de girassol, farinha, açúcar, fubá, limões, laranjas e até mesmo bananas. Bananas eram a iguaria mais rara que alguém poderia desfrutar naquela época. Mas todo esse tesouro comestível era protegido por dois cordões, um de milicianos, o outro de soldados do exército. A polícia era chamada de milícia na época. "Vão nos dispersar quando ele estiver por perto", as pessoas diziam ao meu redor, "mas depois que ele for embora, tudo vai estar à venda."

Finalmente, os milicianos disseram pra gente ir embora e se esconder nas ruas próximas. Nós éramos centenas, mas desaparecemos em pouquíssimo tempo, conforme foi ordenado, e então um desfile de carros pretos e guardas em motocicletas brancas parou na frente do circo. Achei que a gente fosse esperar pra sempre, porque o Timoneiro iria querer provar tudo que estava ali, todas aquelas azeitonas, e queijo, e bananas, mas ele foi embora depois de quinze minutos, e eu pensei que talvez ele estivesse com indigestão naquele dia. Depois que ele saiu, uma horda de gente com sacolas vazias ressurgiu das ruas e correu na direção das lojas, mas agora havia três cordões ao redor delas, um de milicianos e dois de soldados do exército, e eles não nos deixaram passar. Então dúzias e dúzias de caminhões surgiram do nada, e os milicianos e os soldados os deixaram passar e eles estacionaram ao redor das lojas, e uma centena de soldados saiu de dentro deles e começou a pôr tudo dentro dos caminhões. Eles eram muito rápidos, seus movimentos voavam, eles eram como um único ser vivo, um monstro que estava engolindo todos os ovos, leite, iogurte, carpas, lúcios, peitos de frango, porco, gado, salame, uvas roxas e batatas amarelas, todo o óleo de girassol e a farinha, o açúcar e o fubá, e todas as laranjas e bananas. Num piscar de olhos, toda aquela parúsia de comida se foi e os caminhões começaram a ir embora, um por um, e os soldados e os milicianos entraram em outros caminhões, que também tinham surgido do nada, e desapareceram, e aí sobramos só nós — uma horda de gente com sacolas vazias, sedados pela própria incredulidade. Eles nunca tinham tirado toda a comida de um Circo da Fome no dia da inauguração. Muitas pessoas foram embora, mas eu entrei na praça, e em todos as lojas havia mesmo algo à venda: um refrigerante, bem amarelo, supostamente feito de laranja. O nome dele era Cico. Era vendido em garrafas pequenas, finas, e em cada loja daquela praça enorme havia uma jovem, num traje branco engomado, na frente de uma prateleira enorme cheia de garrafas de Cico.

Voltei pra casa com todas aquelas sacolas vazias na mão. Passe toda a fome que quiser. O que eu podia fazer além de esperar minha mãe? Ela sempre inventava algo pra comer.

Eu me sentei no sofá da sala e minha cabeça virou um palco cheio de alto-falantes enormes de onde a versão ao vivo de "Mistreated" saía a todo volume. Era insuportável;

acho que era aquela parte onde a banda para e o Coverdale continua cantando. Então peguei um livro de uma das estantes perto do sofá. Nem prestei atenção em que livro era. Abri e comecei a ler:

> O Partido revolucionário, as forças progressivas, a classe trabalhadora — como a classe líder da sociedade — precisam cumprir sua responsabilidade histórica nas melhores condições possíveis, no desenvolvimento das forças de produção, na modelagem das relações de produção, e também na afirmação, em toda a sociedade, das revolucionárias concepções materialistas-dialéticas do mundo e da vida.

Era uma citação do Ceaușescu. *Materialismo dialético*, esse era o título do livro. Um tijolão escrito por uns filósofos *apparatchik* romenos. *La crème de la crème*, com certeza. Minha mãe tinha comprado aquele livro. Ela era membra do Partido e encarregada de uma oficina *politico-ideological* no trabalho; ela trabalhava na administração de uma fábrica de calçados.

Agora, imagine isto: uma mãe solteira chega em casa e encontra seu único filho — um cara magrelo de óculos, com um cabelo enrolado e desgrenhado — no sofá, folheando um tijolão chamado *Materialismo dialético*. Talvez você ache que ela pararia por um segundo pra olhar pro seu querido menino, mas ela começou a gritar comigo.

"Você quer seguir os passos do Paul, não quer? Quer entrar na faculdade de filosofia, ser expulso, tocar num restaurante e por fim cruzar o Danúbio. É isso que você está tramando?"

A cara dela estava lívida.

"Aprendi várias coisas boas com o Paul", eu disse, "mas não aprovo o que ele fez."

"Quem você acha que eu sou? Um dos seus colegas? Eu sou sua mãe, moleque. Você não consegue me enganar. Se você não aprova o que ele fez, por que não fez nada pra impedi-lo?"

Ela se sentou no sofá do meu lado e caiu no choro.

"Eu penso nos pais do Paul o dia inteiro, que a mãe dele descanse em paz."

"O Paul não é um cara do mal, ele me mostrou como é bonita a vida de um estudante de filosofia. E como é humilhante tocar em restaurantes."

"Por que humilhante?"

"Porque você tem que tocar 'Zabadak' pra clientes estrangeiros."

"Tocar o quê?"

"Mãe, eu quero estudar filosofia. Eu quero entrar na faculdade de filosofia e me formar. Música, restaurantes — isso já era."

"Não acredito em você."

"Você não notou que eu parei de tocar guitarra? Olhe onde eu guardei a guitarra. Bem aqui, atrás dessa cômoda. Não toquei nela desde que o Paul foi embora."

Pior que isso era verdade.

Agora, corte pra um homem na casa dos cinquenta, barba feita, óculos, cabelo castanho-claro, usando uma camisa azul-escura e um suéter de gola em V marrom-claro. O primo da minha mãe. O mesmo lugar, nossa sala; ele se sentou numa cadeira; minha mãe e eu, no sofá.

"Você é membro da Juventude Comunista?", ele me perguntou.

"Sim."

Todos nós éramos.

"Ótimo. Você já visitou a faculdade de filosofia?"

"Não."

"Pois deveria. É um prédio magnífico. No térreo fica a faculdade de direito, e logo acima, no primeiro andar, a faculdade de filosofia. Na Romênia, Fane, a filosofia está acima da lei, nunca se esqueça disso."

"Não vou esquecer."

"Eu gosto de você. É um garoto esperto."

"E preguiçoso, também", minha mãe disse.

"Não são todos? Fane, vá à biblioteca da faculdade de filosofia, Fane. Ela é imensa e tem cinco janelas incrivelmente altas. Do lado de fora, na frente de cada janela, fica uma estátua com um nome gravado na base: Licurgo, Sólon, Cícero. Eu nunca me lembro dos cinco. E quando há um evento do Partido, elas são cobertas, as cinco estátuas. Duas com bandeiras do Partido, duas com a tricolor, e a do meio, o Cícero, com um retrato do Ceaușescu. Uma vez, durante um evento do Partido, eu estava na biblioteca, queria verificar algo num livro, eu conhecia a bibliotecária e me sentei numa mesa perto da janela do meio, atrás do Cícero, e o retrato do Ceauşescu estava me protegendo dos raios ofuscantes do sol. Era um dia ensolarado, e eu estava *à l'ombre du grand homme en fleur*..."

"Você quer mais licor de cereja?", minha mãe perguntou. Ela dera pra ele uma tacinha de licor de cereja artesanal, que ela havia ganhado da irmã, mas a taça dele ainda estava cheia.

"Quando você entrar na faculdade de filosofia", ele continuou, "vai se tornar membro do Partido. Mas isso não significa mais nada. Muitos são membros do Partido. Sua mãe é, eu sou. Depois você fará seus três anos como professor. Onde a sorte o levar. Provavelmente, numa vila esquecida. Bem, não há nada que se possa fazer. Só que, durante esses três anos, você também se tornará um editor júnior. Vou falar bem de você e você se juntará à equipe editorial que edita a série *Dos pensamentos do presidente da Romênia*. Já saíram vários volumes. Os pensamentos filosóficos e econômicos. Uma é sobre arte e literatura. Mas eles sempre fazem uma nova."

Ele parou e sorriu.

"Não há nada no mundo que o pensamento dele não abranja. Exceto uma coisa: lógica. Ele nunca falou nada sobre lógica. Eu não ficaria surpreso se um dia eles removessem lógica do currículo. *Do pensamento lógico do presidente da Romênia* — esse seria um título improvável, tão improvável quanto *Os silogismos da amargura*."

Ele parou de novo, pra saborear o efeito que suas palavras tinham na gente — puro terror, acredite. Ele era como um boiardo poderoso, tão poderoso que podia fazer trocadilhos sobre o rei na frente dos pobres parentes — uma viúva que não tinha voltado a se casar e seu filho adolescente. Ele me conhecia desde que eu era bebê. Ele era *un type bien* e lia livros em francês. Fingia ter um lapso e dizia: "*Comment est-ce qu'on dit ça en roumain?*", como se o francês dele fosse melhor que o romeno. Também tinha um fetiche por uma palavra, uma palavra francesa, é claro, *velouté*, "aveludado" ou "macio". Pra ele, várias coisas eram aveludadas — vinhos, olhares, saias. Não sei exatamente o que ele fazia da vida. Minha mãe tinha pedido pra ele nos visitar e falar comigo, porque agora eu queria estudar filosofia e ela não tinha ideia do que eu poderia fazer com um diploma desses.

"Depois, vou te pôr em contato com uma mulher poderosa. Ela é formada em filosofia e queria ser filósofa, mas o Partido precisou dela e ela virou propagandista. É muito influente hoje. Agressiva, mas romântica, no fundo. Diga-lhe que você ficou vidrado no Platão. Ela vai gostar disso, mas vai te falar que o Platão não sabia como o mundo funcionava apesar de ter sido escravo por um breve período durante a vida — você precisa ser escravo por mais tempo pra saber. Ela vai amar isso, pôr um rapaz idealista como você no bom caminho do materialismo. Se ela gostar de você, vai te encontrar algo em Bucareste."

Enquanto eu ouvia esse papo, o "Danúbio azul" do Johann Strauss começou a tocar na minha cabeça, e as palavras dele eram como um forte redemoinho, e eu não tinha em que me segurar.

"No capitalismo, o homem explora o homem; no socialismo, é o contrário. Essa é uma piada que ouvi quando era jovem. Fane, Fane... no nosso mundo, os filósofos não são excêntricos discretos que se reproduzem por partenogênese, como no Ocidente. Lá, eles têm redomas de vidro. Todas aquelas universidades que eles têm no Ocidente, todas são redomas de vidro. Não faz muito frio, não faz muito vento. Enquanto aqui, os filósofos vivem no meio do povo, aqui eles têm poder, poder de verdade, porque pra nós a realidade não é apenas matéria, como no capitalismo. A matéria está em movimento, pra eles e pra nós. Mas chamamos esse movimento de 'dialético', que ninguém sabe o que significa. E chamando-o assim reconhecemos que a realidade é misteriosa, o que significa sagrada. Nosso materialismo é sagrado, Fane. O deles não. O materialismo deles é profano. Por isso somos superiores, e por isso nossos filósofos têm poder, porque as pessoas acreditam que eles têm acesso ao sagrado. Essa foi a genialidade do Marx, chamar seu materialismo de dialético. Ele pegou essa palavra de Hegel, que disse que pegou de Heráclito. Fane, Fane... Pra um filósofo, a Romênia é o Éden. Pense nisso. *Armonia*, a deusa grega, é um anagrama de *Romania*. Você terá a vida de um príncipe, Fane. *Une vie veloutée.* Tudo que você precisa fazer é dizer que a matéria se move de uma maneira dialética e nunca admitir que você não sabe o que isso significa."

"Ô mãe, isso não é imoral?"

"O quê?"

"Ser um filósofo e nunca admitir que você não sabe o que dialético significa?"

"Então seja um soldado."

"Você se lembra daquele amigo do pai, o que trabalhava num instituto onde ele não tinha nada pra fazer, e que dizia pro pai que ele queria sair do instituto porque era imoral trabalhar num instituto gerenciado por um cara que era membro do Partido?"

"Com certeza. Esse cara dormia com as esposas dos amigos dele, e, quando a esposa dele entrou com o pedido de divórcio, ele falou pros amigos testemunharem que ele havia tido um casamento infeliz. Ele flertou comigo uma vez, também. Que grande autoridade moral, esse amigo do seu pai. E não diga nada sobre meu primo. Você devia agradecer a ele. Eu preciso confessar uma coisa, Fane: depois que o Paul foi embora, eu me encontrei com meu primo e contei que você tinha um amigo maluco que havia cruzado o Danúbio, e ele disse que a gente não precisava se preocupar."

A vitória do socialismo

De repente, todo mundo estava falando do iminente Congresso do Partido, que começaria em novembro. Aí um novo filme romeno estreou num cinema do centro chamado Scala, e em cima da entrada do Scala colaram um pôster enorme. Nele estava escrito *Novembro, o último baile*. Esse era o nome do filme. Um drama de época sobre um príncipe tristonho que passou a juventude em Paris e depois voltou pra pequena vila onde havia morado quando criança. O título inicial tinha sido *O lugar onde nada aconteceu*, mas os censores não gostaram; eles deviam ter, tinha muita inquietação no Bloco Oriental. Alguém, talvez o diretor, sugeriu então *Novembro, o último baile*, que era uma fala do filme, e os censores não tiveram nada contra. Nem mesmo o mais inteligente dos censores percebe o que está bem na frente deles.

O Congresso começou no dia 20 de novembro, mais de uma semana depois das pessoas terem subido no Muro de Berlim; mas minha mãe e eu não sabíamos de nada disso. Naquele dia eu estava em casa, sozinho. Liguei a TV e, primeiro, escutei uma voz.

"No nosso país, o consumo de calorias por cidadão por dia aumentou de 1800 calorias em 1950 pra cerca de 3300 agora."

Essa não é uma quantidade saudável. Graças a Deus não era verdade.

Nossa TV era de tubo, muito antiga, preto e branco. "Miraj" era o nome dela. Que nome adequado pra uma TV.

Aí o Timoneiro ressurgiu do profundo tubo verde da TV. Ele estava vestindo um terno preto de três peças impecável, e não usava óculos. Circulavam alguns boatos de que o Timoneiro estava doente, mas, quando o vi, soube que esses boatos eram apenas o que as pessoas queriam que fosse verdade.

Os delegados do Partido, na casa dos milhares, o aplaudiam em pé a cada cinco minutos. Então ele olhava pro imenso salão, e os delegados se sentavam.

"Nada é eterno", ele disse em determinado momento.

Mas ele estava se contradizendo. Ele era como o próprio ser, eterno e sempre o mesmo, e a Romênia era o lugar onde nunca aconteceria nada.

No dia seguinte, fui pra Toca Dourada, mas a Toca Dourada não existia mais. Ela ficava perto de um necrotério, e o necrotério também tinha desaparecido. O bairro inteiro tinha desaparecido. Ele era só um vasto platô, coberto de destroços e cheio de cachorros. Muitas pessoas tinham tido cachorros naquela área. Os cachorros continuavam ali. Eu estava olhando pra eles quando o vento começou a soprar, e algo começou a palpitar sob a poeira que cobria tudo. Eram folhas de papel. Peguei uma, depois outra, depois outra. Eram certidões de óbito. Elas também não foram embora, essas certidões, reanimadas pelo vento. Então o vento ficou mais forte e as certidões saíram voando por cima da minha cabeça. Elas deixaram uma trilha de poeira, e eu cobri o rosto com as mãos. Quando abri os olhos, elas tinham sumido.

Eu sabia que bairros inteiros haviam sido demolidos a fim de abrir espaço pra um projeto faraônico e paranoico no centro do qual haveria um imenso palácio: A Casa do Povo, o futuro escritório do secretário-geral do Partido. Não sei por quê, mas naquela época a palavra "secretário" me fazia pensar em segredos; o comunismo adora esconder: é da natureza dele. Perto da Casa do Povo, outro prédio oficial também tinha sido construído. Casas do Sagrado.

Bem na frente da Casa do Povo, um bulevar maior que a Champs-Élysées estava se desenvolvendo: o Bulevar da Vitória do Socialismo. O Bulevar da Vitória do Socialismo sobre Nós, como dizia a piada.

Eu estava evitando aquela parte da cidade havia muito tempo, mas minha mãe passava por ali quase todos os dias no caminho pro trabalho. Certo dia, ela viu o domo de uma igreja sendo derrubado por uma imensa bola de aço pendurada num guindaste. O domo tinha caído, mas a bola continuava balançando, e os trabalhadores estavam fazendo o sinal da cruz. Outro dia ela passou por uma fileira de casas que tinham sido demolidas apenas pela metade e, numa delas, viu um casal de idosos se preparando pra ir dormir.

Não há nada que você não possa fazer

Vou finalizar meus documentos de admissão com citações falsas de discursos do Ceauşescu. Vou entrar na faculdade de filosofia, e depois pedir a Deus que eles deixem a lógica no currículo. Depois vou reprovar em todas as provas de lógica e procurar uma senhora sueca. Alguém que cresceu com um cachecol cobrindo o nariz e a boca, e com algodão nos ouvidos, nunca conseguirá cruzar o Danúbio a nado, nem mesmo em julho, então vou ter que encontrar uma senhora sueca e me casar com ela. Da Suécia, vou emigrar pro Canadá, e lá eu vou tocar com o Paul num restaurante self-service em Toronto. Tudo que eu preciso fazer é usar minha imaginação.

É isso o que eu dizia pra mim mesmo todos os dias.

DEZEMBRO DE 1989

I

Em 21 de dezembro, de manhã bem cedo, minha mãe me acordou e me fez prometer que eu não sairia de casa até ela voltar, dali a um ou dois dias.

"Minha irmã me ligou, ela precisa de dinheiro. Vou pegar o trem. Tem sopa na geladeira. E ligue a TV."

"Por que ligar a TV?"

"Faça o que eu digo. E não saia, está bem?"

A irmã dela morava numa cidadezinha perto de Bucareste; morava sozinha numa casa velha que sempre precisava de reparos. Minha mãe saiu e eu voltei pra cama.

Quando acordei, liguei a TV e logo ouvi uma voz.

"Queridos camaradas e amigos..."

Aí o Timoneiro apareceu.

"Eu gostaria de dar a vocês uma calorosa e revolucionária saudação..."

O Timoneiro e a esposa dele estavam na sacada do prédio do Comitê Central, o quartel-general do Partido.

Os dois estavam usando sobretudos exuberantes: o dele era preto, com abotoamento duplo e uma gola de pele também preta; o dela era de uma cor clara, com uma grande gola de pele escura. Havia milhares de pessoas na frente do prédio do Comitê Central, várias delas segurando retratos do Timoneiro e da esposa. Fazia sol.

"Eu também gostaria de agradecer aos organizadores deste grande comício popular..."

E do nada se ouviram gritos, sim, gritos no comício, e ele parou de falar e olhou para aquele mar de gente à sua frente, onde o rosto dele e o da esposa flutuavam. Depois se ouviram mais gritos e a tela da TV ficou preta. A transmissão tinha sido cortada.

Meu rádio estava na cômoda, perto da TV, e minha guitarra ali atrás. Liguei o rádio, peguei a guitarra e a conectei. Aí fechei os olhos e me imaginei no teto do Comitê Central, com minha guitarra vermelha nas mãos.

"Mais uma vez, precisamos demonstrar com toda a nossa força..."

A tela da TV tinha ressuscitado e o Timoneiro reapareceu.

Os tubos do rádio estavam aquecidos agora, e comecei a tocar os riffs iniciais de "Mistreated".

"Eu gostaria de informá-los a respeito de uma decisão importante... Nesta manhã, decidimos que, a partir de 1º de janeiro, o salário mínimo mensal terá um aumento de dez por cento."

Ele era implacável, mas eu também era.

"Também a partir de 1º de janeiro, o subsídio por filho vai aumentar."

Toquei as cordas com toda a minha força. Eu tinha uma palheta grossa e dura.

"... e as mulheres receberão um bônus no nascimento do seu primeiro filho..."

Minha mão direita estava doendo; olhei pra ela e vi sangue nos meus dedos. E então foi como se o Paul estivesse do meu lado, batendo com força no bumbo.

"... também decidimos que a pensão dos sobreviventes aumentará cem..."

Então fiz uma coisa que só o Richard Blackmore faria. Joguei minha guitarra no chão, pulei em cima dela com os pés e depois a peguei pelo braço e quebrei a tela da televisão em mil pedaços.

2

No dia seguinte, uma batida forte na porta me acordou. Eu me levantei e olhei pelo olho mágico.

"Quem é?"

"Fane?"

"Sim."

Era o Marcel, um cara que morava no último andar; ele estava na casa dos trinta, solteiro. Abri a porta, ele me empurrou, entrou na sala e viu minha TV. Onde ficava a tela, agora havia um buraco negro, e o Marcel piscou algumas vezes, como se estivesse olhando pra uma ilusão de ótica. Do lado da TV estava minha guitarra vermelha; o braço tinha uma rachadura profunda.

"Eles fugiram", ele finalmente disse. "Um helicóptero pousou no telhado do Comitê Central e eles fugiram."

"Desculpe, quem fugiu?"

"O Ceauşescu e a mulher dele, quem mais fugiria do Comitê Central?"

"Por que eles fugiram?"

"Como assim, por que eles fugiram? Porque o Comitê Central foi invadido."

"Por quem?"

"Você não sabe o que aconteceu ontem? Depois do comício? Vamos pra minha casa. A estação de TV está nas mãos do povo agora!"

O tom dele foi tão ditatorial que eu obedeci daquele jeito mesmo, de pijamas.

"O que aconteceu depois do comício?", perguntei enquanto subíamos pro apartamento dele.

"As pessoas foram praquele restaurante chamado Danúbio, no bulevar Magheru, e construíram uma barricada, e o bulevar era como um mar de gente, veículos militares apareceram do nada, e, quando ficou de noite, o mundo veio abaixo. Teve gente que morreu, cara. Na frente do Danúbio. Gente jovem. E hoje de manhã o Magheru era um mar de novo, e esse mar foi pro Comitê Central, e aí um helicóptero pousou no telhado do prédio e eles fugiram. Que horas são?"

"Bem depois do meio-dia, eu acho."

A gente entrou na sala e ele ligou a TV. A dele também era uma Miraj. A gente ficou na frente do aparelho e, primeiro, ouvimos uma voz.

"Irmãos, graças a Deus agora estamos no estúdio de TV."

E então a voz se materializou.

"Eu conheço esse cara", o Marcel disse.

"Quem é ele?"

"Hamlet."

"Hamlet?"

"Sim, ele é ator. Eu já o vi."

"Onde?"

"Em *Hamlet*, cara."

O Hamlet e um grupo de pessoas estavam na frente de uma mesa. O Hamlet olhou pra um cara do lado dele e disse: "Na frente de vocês está nosso herói, o Poeta".

"Eu o conheço também, é um dissidente."

"Um dissidente?"

"Sim, um dissidente. Viu, poetas não são completamente inúteis em épocas de necessidade."

"Por favor, olhem pra ele", o Hamlet disse, apontando pro Poeta. "Ele está trabalhando."

O Hamlet, o Poeta e vários outros estavam diante de uma mesa grande. Na mesa, na frente do Poeta, havia um caderno aberto.

"Olhemos pra Deus", o Poeta disse.

Ele era pálido e parecia ter vindo de outro mundo.

"Ele parece um espectro", eu disse.

"Ele quer vingança."

"Vingança?"

"Dá pra calar a boca? Se não quiser ver, vá pra casa." Ele pôs a Miraj no volume máximo e o Poeta gritou: "Nós vencemos! Nós vencemos!".

3

Quando voltei, minha mãe estava na cozinha. Ela me abraçou e perguntou: "O que aconteceu com a TV?".

"Você já viu o Hamlet?"

"Eles bateram na sua cabeça?"

"O Magheru virou um mar. Um helicóptero pousou no telhado do Comitê Central e eles fugiram. Mãe, estamos livres! Foi o que o Poeta disse."

Minha mãe não falou nada e foi até a cozinha. Na mesa havia uma bandeja com seus clássicos bolos de camada. Duas camadas, na verdade, com um recheio de avelã cremoso.

"Eu fiz esses bolos ontem, na minha irmã. Ela me deu tudo, a farinha, os ovos, um pouco de creme. Avelãs. Mas ela não tinha cacau, então não consegui fazer a cobertura. Vou fazer a cobertura e depois a gente conversa sobre o Ceaușescu, está bem? Devo ter um pouco de cacau em algum lugar..."

Justo, eu pensei; você precisa saber que, pra minha mãe, cozinhar é como fazer ioga.

"Se ao menos o Paul estivesse aqui", ela disse.

O Paul era louco por aquele bolo. Quando o comeu pela primeira vez, ele me perguntou qual era o nome daquela sobremesa maravilhosa, e eu disse que não tinha nome. Aí ele olhou praquela cobertura de chocolate imaculada e disse: "Vamos chamar de Nádegas da Gerda. Eu tinha uma namorada, a Gerda". Eu ri, mesmo sem entender a piada, e a partir daí esse era o nome daquele bolo pra mim e pro Paul. Minha mãe descobriu, mas não ficou brava.

Então a gente ouviu um barulho alto vindo da escada. Abri a porta da frente e vi a Tanti Niculina arrastando uma sacola enorme escada abaixo. "Tanti" vem de *tante*; todo mundo a chamava de "tanti". Quando me viu, ela falou: "Uma bomba, Fane, eles plantaram uma bomba".

"Uma bomba? Onde?"

"Na garagem dos ônibus, embaixo do tanque de petróleo."

A gente morava perto de uma garagem de ônibus. O dia todo, os ônibus faziam fila pra entrar na garagem com os motores ligados, e o bairro inteiro ficava tomado de fumaça, como o palco de um show de rock.

"Diga pra sua mãe, Fane, e saiam o mais rápido possível."

"Como você sabe da bomba? Deu na TV?"

"Dois caras que trabalham lá. Eles deram o alarme. Eu sei pela Madame Visarion."

"Quem plantou a bomba?"

"Os terroristas. Deus do céu, Fane! Pegue sua mãe e fujam! Diga pra ela levar a identidade, e leve sua certidão de nascimento. Nossa, você não é mais criança."

Eu fui até a cozinha e gritei pra minha mãe: "A gente precisa evacuar o prédio. Vai ter uma explosão".

"Não posso", ela disse. "Preciso fazer a cobertura."

Eu a arrastei pra fora da cozinha e a gente foi embora.

"Aonde estamos indo?", ela perguntou; por debaixo do casaco, ela ainda estava usando o avental.

"Pra casa do pai do Paul", eu disse.

"Ele sabe que a gente está indo? Ele pode estar ocupado."

4

Fora do nosso prédio, na rua, havia um balanço com uma estrutura em "A". Alguém tinha tirado do parquinho ali perto e instalado no meio da rua. Que bela imagem. A barricada da inocência.

A gente passou pelo busto do Garibaldi e pela ex-fábrica da Ford. As ruas estavam desertas.

O Dan abriu a porta e eu senti algo na minha perna. Era o Pirata.

"Pirata, olhe só quem veio até nós. É o Fane, Pirata. O Fane e a mãe dele. Por favor, entrem. Vocês viram? Ele fugiu. O que significa que meu filho fugitivo agora pode voltar pra casa. Nosso Paul, Pirata, ele vai voltar pra casa e montar uma banda, e o Fane vai fazer parte da banda e eles vão sair numa turnê mundial. E nosso novo governo vai dar pra todos os fugitivos que voltarem um cupom valendo muito dinheiro pra comprar todos os equipamentos que quiserem, até mesmo um alto-falante. E será um empréstimo sem juros. Que Deus abençoe a Romênia! Vocês querem aguardente de ameixa?"

"Na verdade", minha mãe disse, "eu adoraria uma xícara de chá, se não for muito trabalho."

"Um chá, sim, um chá seria ótimo. Só um minuto. Mas infelizmente eu estou sem açúcar. E não tenho nada doce."

"Que pena que eu não trouxe nenhum bolo. Meu Deus!"

"Aconteceu alguma coisa?"

"Nada, nada", minha mãe disse enquanto tirava o avental. "Por favor, me desculpe. Eu estava fazendo a cobertura quando a gente saiu, o Fane disse que a garagem de ônibus ia explodir. Fane, por que você não volta e pega uns bolos? Peço desculpas, eles estão sem cobertura."

"Com certeza estão ótimos assim mesmo."

"Bem, a cobertura tem uma função... Fane, querido, o que foi? Você está pálido."

"Vamos dar uma folga pro garoto", o Dan disse. "Eu vou. Com certeza não tem bomba nenhuma. Pode me dar as chaves... Onde estão os bolos?"

"Na cozinha, em cima da mesa."

"Eu já volto. Vocês podem sentar e ver TV."

Minha mãe deu as chaves pra ele e o Dan vestiu um casaco velho.

"Ei, escutem só", ele disse antes de sair. "Sabem o que está escrito nas placas de todos os carros registrados em Ontário? O Paul me contou da última vez que a gente conversou. Vocês nunca vão adivinhar. '*Yours to Discover.*' 'Venha descobrir.' Dá pra acreditar?"

5

Na TV, víamos muitos civis, alguns generais, um padre. Homens, todos eram homens. Era uma transmissão ao vivo de um estúdio na estação de TV. Pedidos por calma, discursos patrióticos, mensagens, ordens. Ordens pra que se faça ordem. Aí um cara apareceu na tela.

"Temos informações sobre a água. Cuidado! Elementos criminosos envenenaram a água. Não beba água da torneira! Cuidado com as crianças."

Eu fui ao banheiro e empurrei o fundo da minha língua com os dedos. Tentei, em vão, vomitar. Eu não me lembrava se tinha bebido água naquele dia. Mas era o medo que eu queria vomitar, não a água.

"Fane, você está doente?"

"Estou bem, só um segundo."

"Rápido, eles pegaram o Nicuşor."

"Quem?"

"O filho deles. Rápido!"

Lavei o rosto e me sentei ao lado da minha mãe, na frente da TV.

"Aqui está o príncipe da coroa", disse o cara que havia anunciado que a água estava envenenada.

O Nicuşor estava assustado e tinha um hematoma na cara. Um príncipe que agora era um plebeu.

Aí a gente ouviu rajadas de metralhadoras ao longe. E depois cada vez mais perto. E uma bala atingiu o parapeito da janela. O vidro rachou, o Pirata começou a latir e eu comecei a tremer. O som real de balas quando elas batem em algo e voltam é bem diferente do som que você ouve nos filmes. Balas ao vivo fazem o ar vibrar. É como a diferença entre ouvir uma bateria ao vivo e num disco gravado.

"A gente tem que sair daqui", eu disse. Agora eu era um péssimo nadador tentando cruzar o rio do meu próprio medo.

"Voltar pra casa? A gente não tem a chave..."

"Não, a gente tem que ir pra um andar mais alto. Estamos muito embaixo aqui."

"Você acha que mais alto é melhor?"

"Agora é, meu Deus! Eles vão matar todo mundo nos andares baixos."

"Fane, se acalme! Aqui, beba um pouco de água."

Saí do apartamento do Dan, fui até o último andar e bati numa porta. O prédio tinha quatro andares. Uma garotinha de pijamas abriu a porta.

"Apague as luzes", gritei pra ela. "E chame seus pais, quero falar com eles."

"Eles não estão aqui. Estou com meus avós. Eles estão dormindo."

"Me deixe entrar, eu tenho que acordar seus avós."

"Eles são surdos. Eu te conheço. Já te vi antes."

"Me deixe entrar", eu disse, empurrando a garota e entrando no apartamento. Fui até um dos quartos, mas estava tudo escuro; esbarrei numa cadeira e caí em algo macio.

"O que, em nome do Todo-Poderoso, está acontecendo aqui?", disse uma voz embaixo do meu peito. Uma luz foi acesa. Eu estava num sofá-cama, perto de um senhor com os olhos fechados, e em cima de uma senhora, a cara dela parcialmente tapada por uma coberta. Do lado do sofá, sentada num banco, estava a garotinha, me olhando em silêncio. E aí eu ouvi uns barulhos — uma batida, uma batida sacádica. Uma metralhadora? Era alguém batendo na porta. Um terrorista! Mas por que um terrorista bateria na porta? Preciso me esconder, pensei, mas onde? Embaixo do sofá-cama?

Aí minha mãe entrou.

"Fane, você tem que descer."

6

Um cara estava parado embaixo do retrato do Proust. Ele era corpulento e usava um macacão antigo. Tinha um nome estranho, Minchovski ou algo assim. Ele nos disse que, num cruzamento perto do Comitê Central, dois civis tinham parado seu carro e perguntado se ele podia levar um rapaz ferido pra um hospital, e ele disse sim. Trouxeram o rapaz e o puseram no banco de trás.

Disseram que ele tinha levado um tiro na frente da Muzica. O rapaz ferido estava consciente; o nome dele era Paul. Ele tinha levado um tiro nas nádegas e perdido muito sangue. Quando chegaram ao hospital, o tal do Paul deu este endereço pra ele. Disse que lá morava o pai dele e pediu pra irem contar pro seu pai que ele estava no hospital.

"Sim", eu disse, "aqui mora um homem que tem um filho, o Paul, mas ele mora no Canadá. Mora em Toronto, num apartamento em cima de um self-service, num prédio com o número 92000, numa rua que é virtualmente infinita. Então não pode ser ele."

Do pensamento lógico de Fane. Esse também seria um título improvável.

"Não temos tempo a perder", o Minchovski disse. "Posso te dar uma carona até o hospital. Não é longe."

Minha mãe cobriu a boca com as mãos e disse: "Não pode ser ele. Fane, aonde você vai?".

Eu fui não porque pensei que o cara pudesse ser o Paul. Eu fui porque me senti envergonhado. Envergonhado do meu próprio medo.

O banco de trás do carro do Minchovski, um Lada, estava manchado de sangue, e quase desmaiei quando vi aquilo. Ele me deixou na frente da emergência do hospital. Ambulâncias, médicos, enfermeiras, macas, gente ferida. Demorou até que eu conseguisse falar com uma enfermeira. Disse a ela que estava procurando um rapaz que tinha levado um tiro na bunda, e a enfermeira falou pra eu esperar por ela. Voltou depois de meia hora e disse pra eu segui-la. A gente passou por vários corredores, e na minha cabeça eu repetia o discurso — "Foi um mal-entendido, mas vou te ajudar a procurar seu pai". Finalmente, entramos num quarto. Já era noite, e o quarto estava mal iluminado.

Havia dois leitos no quarto, e um deles estava vazio. Um senhor estava no outro leito. O cabelo dele era tão branco que parecia que tinham jogado um saco de farinha na cabeça dele.

"Tem uma mochila embaixo da cama", a enfermeira disse. "É dele. Você é um amigo? Vá pro necrotério. É no porão. Ele precisa de roupas."

Ela saiu e eu me sentei no leito vazio. Abri a mochila e mexi freneticamente nas poucas coisas que restavam ali dentro. Meus dedos deslizaram por uma superfície lisa. Era uma pasta de plástico. Dentro dela estava a carteirinha de artista freelancer do Paul, emitida pelo Conselho de Cultura e Educação Socialista, e um documento de viagem canadense com a foto dele anexada; havia vários carimbos ali, vistos de entrada.

À distância, dava pra ouvir as metralhadoras. Olhei praquele velho senhor no outro leito e fui até a janela. Atravessando o céu negro, eu via os rastros incompreensíveis deixados pela munição traçante. Era como se ninguém mais se importasse com o rastro das balas.

7

O Paul morreu no hospital, na hora em que o Dan voltava pra casa segurando uma bandeja de Nádegas da Gerda; daquela vez, sem cobertura.

8

O Paul voou de Toronto pra Amsterdã e de lá pra Viena. De Viena, ele pegou um trem pra Budapeste, onde chegou no dia 20 de dezembro. Os húngaros tinham aberto as fronteiras em novembro, ou talvez antes. De Budapeste, ele pegou um ônibus até uma cidade perto da fronteira com a Romênia. Todas as passagens estavam na mochila dele. No documento de viagem canadense, não havia visto romeno. Ele não teria conseguido entrar na Romênia sem um visto. Quer dizer, legalmente. E ele com certeza estava numa lista negra. Ele deve ter achado um cara na Hungria disposto a levá-lo até a Romênia; o Paul pagou em dinheiro vivo, e eles cruzaram a fronteira.

Acho que ele chegou a Bucareste em 22 de dezembro, no fim da tarde.

9

Ele foi enterrado no Natal. Estávamos o Dan, minha mãe e eu. Só nós. O Pirata ficou em casa; o Dan não conseguiu achar a coleira. Foi um milagre o Dan ter conseguido arranjar tudo em apenas dois dias. Caixão, padre. Ele ligou pra uns parentes, mas eles não vieram. Rajadas de metralhadora ainda podiam ser ouvidas pela cidade e as pessoas tinham medo de sair na rua. Todos sabiam que alguma coisa irreversível tinha acontecido, mas ninguém era capaz de dizer o que aconteceria dali pra frente. A situação era como uma música que já não tinha tônica.

Quando cheguei à capela do cemitério, o Paul já estava lá. O caixão estava aberto; a pessoa encarregada de cuidar dele no necrotério tinha feito um bom trabalho. Ele estava com um dos ternos do Dan.

Um padre jovem entrou e começou a fazer o que padres fazem. Andou ao redor do caixão com o incensário, o Dan deu uma garrafa pro padre e ele derramou o líquido sobre o Paul, fazendo uma grande cruz de vinho tinto no peito dele. O vinho manchou a camisa branca e a gravata azul do Paul. Aí eu percebi que isso não tinha mais importância nenhuma.

Depois do funeral, o Dan tirou todas aquelas Nádegas de Gerda sem cobertura de uma sacola que tinha trazido com ele e deu o bolo pra um velho senhor que estava na frente da capela. Então disse que gostaria de ficar ali por um tempo, num banco não muito longe do túmulo.

Quando minha mãe e eu chegamos em casa, umas crianças na frente do nosso prédio estavam gritando: "Eles morreram, a gente conseguiu, eles morreram, a gente conseguiu!".

10

No dia 22 de dezembro, logo depois do meio-dia, um helicóptero pousou no telhado do Comitê Central enquanto os manifestantes invadiam o prédio. O Timoneiro e a mulher dele pegaram um elevador e, como num filme B — ou talvez um A, na verdade —, o elevador parou entre dois andares pouco antes de chegar ao topo, e alguns guarda-costas tiveram que abrir as portas à força. Enfim, chegaram ao telhado. Muitas pessoas queriam embarcar no helicóptero. No fim, somente seis entraram: os Ceaușescu, dois guarda-costas e dois oficiais de alta patente.

O Timoneiro falou pro piloto ir pra uma das residências dele fora de Bucareste, nas margens do lago Snagov, e eles aterrissaram lá. Aí decolaram de novo, mas dessa vez só os Ceaușescu e dois guarda-costas embarcaram no helicóptero. Depois da decolagem, o piloto ouviu pelos fones de ouvido que o Ceaușescu não estava mais segurando o timão, e o piloto falou pro Ceaușescu que eles teriam que aterrissar porque, a essa altura, já deveriam estar nos radares da força aérea e com certeza seriam abatidos muito em breve. Ele estava blefando, mas o Ceaușescu acreditou e disse pra ele pôr o helicóptero no chão. Eles aterrissaram num campo de cevada. Ceaușescu, a mulher dele e dois seguranças desceram, e aí o helicóptero decolou. Ele deve ter percebido que o piloto tinha blefado, mas era tarde demais. Os dois seguranças desapareceram. O Timoneiro e a esposa tinham sido o casal mais bem protegido do país e agora estavam num campo de cevada. E não havia nenhum apanhador de cevada.

Do topo da cidadela pra um campo de cevada deserto: esse é um dos melhores cortes da história.

Algumas horas depois, eles foram capturados e levados pra uma base militar na cidade de Târgovişte. Essa era a capital de Valáquia durante os tempos de Vlad, o Empalador. Pra empalar alguém, é necessário um empalador. No Natal, naquela base militar, eles foram julgados, condenados à morte e executados.

Quando os soldados estavam levando o casal pro local da execução, a esposa disse que eles deviam ter vergonha na cara, porque ela os havia criado que nem uma mãe. Ela era a mãe das invenções. Eles morreram usando seus sobretudos exuberantes. Alguém filmou a execução. A câmera se aproximou — os sobretudos estavam manchados de sangue e cobertos com uma fina camada de poeira saída da parede atrás deles.

Minha mãe disse que o Ceauşescu devia ser o único presidente na história que nunca traiu a esposa e que, quando eles decolaram naquele helicóptero, do telhado do Comitê Central, deviam estar se sentindo como dois amantes no *Titanic*.

O MOEDOR E A FENDER

I

No início de 1990, nosso único canal de TV passava, todas as noites, uma peça de Shakespeare filmada pela BBC, seguida pelo julgamento de vários membros da corte do Ceaușescu. Depois de um tempo, os Shakespeare acabaram e só nos restou o julgamento — a mais lamentável tragédia, com pouquíssima coisa nas entrelinhas.

O primo da minha mãe, que nos disse que *Armonia* era um anagrama de *Romania*, foi pra França e nunca mais voltou.

"A gente se livrou do Timoneiro e agora estamos à deriva", minha mãe disse quando ficou sabendo.

Certo dia, comprei uma garrafa de Bastion e fiquei bêbado. Fui pro meu quarto e gritei que nem um louco: "Eu vou entrar na faculdade de filosofia, vou ser reprovado em todos os exames de lógica e comprar uma Fender Stratocaster. Porque não é suficiente escrever sobre coisas abstratas, apesar de elas também serem necessárias. É lindo ouvir um bom poema de amor, mas não é suficiente. Então vou emigrar pro Canadá, e lá vou tocar com o Paul num restaurante de bebida liberada. Só preciso usar minha imaginação".

Acho que foi a primeira vez que fiquei tão bêbado.

"Você ficou sabendo dos protestos na faculdade de filosofia?", minha mãe me perguntou no dia seguinte.

"Que protestos?"

"Uns alunos estão pedindo que a lógica seja retirada do currículo. Não estou brincando. Ouvi no rádio. Ontem. Fane, agora que estamos livres, é melhor você ficar longe dessa faculdade. A dialética acabou. Agora só nos restou o materialismo."

Liguei pro Virgil pra contar sobre o Paul e ele me disse que tinha virado empresário.

"Comprei três mil ovos. Foram muito baratos. Pra Páscoa."

"Sim, mas a Páscoa é no mês que vem."

"Cara, foram muito baratos. Quando a Páscoa chegar, vou ter três mil ovos pra vender. Vou trocar todo o lucro por dólares americanos."

Ele vendeu só algumas centenas, e na Sexta-Feira Santa começou a comer seis ovos por dia, pra reduzir os danos, mesmo com todo mundo dizendo que era pecado comer ovos durante a Semana Santa. Quando eu contei pra minha mãe sobre o Virgil, ela fez o sinal da cruz.

"Sei que você tem um dinheiro guardado", eu disse pra ela no começo do verão. "Quero comprar uma guitarra elétrica. Uma nova. Por favor."

"Depois da formatura. E se você me prometer que não vai se inscrever pra faculdade de filosofia."

Fui até a embaixada do Canadá. E depois até as embaixadas da Grã-Bretanha, da Alemanha e da França. Na frente da embaixada da Alemanha, as pessoas dormiam na calçada, pra guardar o lugar na fila. Tudo que elas queriam era um visto. E não havia nenhum banheiro público perto dessas embaixadas.

Eu tinha sido oficialmente declarado inapto pro serviço militar — miopia —, então nem tentei entrar no ensino superior só pra passar menos tempo no exército. No dia da minha formatura, minha mãe disse que queria sacar todo o dinheiro dela — economias de uma vida inteira.

"Não esqueci. Vou comprar uma guitarra pra você."

"Uma Fender Stratocaster", eu disse.

No dia seguinte, fomos a uma agência e ela sacou todo o dinheiro que tinha, em espécie. Depois do caixa ter dado toda aquela grana pra ela, ela disse pra ele que ia comprar uma guitarra elétrica de presente de formatura pro filho. O caixa sorriu e disse que ela ia precisar de mais se quisesse comprar qualquer coisa elétrica. Minha mãe sorriu de volta e, depois que a gente saiu, ela disse: "Que imbecil".

A única coisa que a gente conseguiu comprar com aquele dinheiro foi um moedor de café manual, que nunca usamos porque minha mãe e eu gostamos de café instantâneo. Minha mãe ainda tem o moedor, dentro de um armário, na caixa original, enrolada na embalagem de plástico original.

Fui até o The Grotto, e o lugar estava vazio. Tinha sido abandonado. E o Patria agora era um armazém. O velho cinema agora estava cheio de gente atrás de uma promoção — sapatos, camisetas, tvs. Depois visitei algumas vilas da área, perguntando sobre uma senhora chamada Agripina que morava com a neta. Numa das vilas, uma mulher me disse que conhecia uma Agripina que morava com a neta. Mas ela havia morrido e a neta tinha ido pros Estados Unidos com o garotinho dela.

"Pros Estados Unidos?"

"Sim, querido."

"Com o filho dela?"

"É o que fiquei sabendo, que ela tem um garotinho."

"Ela te deu um endereço?"

"Um endereço? Por quê?"

"Ela te ligou?"

"É claro que não."

Os homens não entendem o que é óbvio; isso aconteceu até com o Homero.

2

Meu primeiro emprego foi numa empresa de aluguel de carros. Carros alemães seminovos que pareciam novos. O anúncio dizia: "Inglês muito bom; romeno aceitável". Depois de eu ter conseguido o emprego, eu punha as compras na mesa da cozinha — tender e sei lá mais o quê — e minha mãe suspirava e me dizia como a gente era saudável antes de terem atirado no Ceaușescu, que nos deixou sem dívida externa e sem colesterol alto.

"Nós nos maltratamos", ela disse um dia, e, quando voltou pras sopas de legumes, saí de casa. Aluguei um flat bem pequeno perto de um mercado chamado Angst, que fazia parte de uma rede.

Certa noite, sonhei que o mundo inteiro tinha virado um palco onde uma adaptação livre de *Hamlet* estava sendo encenada. Não havia nenhum espectro, Hamlet e o tio dele tinham fundado uma empresa de sucesso que produzia tampões de orelha, e todas as pessoas que moravam no castelo bebiam um refrigerante superamarelo. Na manhã seguinte, senti uma vontade fortíssima de pegar alguma coisa e jogá-la com tudo na tela da TV, mas não fiz isso.

Não sei em qual ano, o John McLaughlin veio pra Bucareste com uma banda chamada Free Spirits. Um trio — guitarra, bateria e teclado. Comprei um ingresso, mas acabei não indo; não tinha vontade de ir num show sozinho. Eles tocaram na Sala Palatului, o mesmo lugar onde o Ceaușescu havia presidido o último Congresso do Partido em 1989. Nada é eterno; nisso o Timoneiro tinha razão.

O Dan morreu em 1999. Ele costumava dizer que não estava pronto pros anos 2000. Morreu no hospital. Hemorragia interna. Foi a úlcera dele. A úlcera é uma ferida. Um dia antes de ele morrer, uma enfermeira deu um pedaço de papel pra ele com um número escrito; era o número do celular dela. A enfermeira disse que ele podia ligar se precisasse de alguma coisa. Ele pegou o papel, olhou pra ela e disse: "*La dona e mobile*".

O primo dele, o sr. Voicu, herdou seu apartamento; ele jogou fora tudo que estava lá dentro e vendeu o apartamento. Não sei o que aconteceu com o Pirata.

Na sala, havia uma fotografia em preto e branco emoldurada: sua avó segurando seu pai nos braços no dia em que eles saíram da maternidade. A Şuncă e o Paul. Eles estão numa rua movimentada, na frente do portão da maternidade, e perto do portão há uma grande caixa de correio. A Şuncă está de cabelo curto; parece cansada, mas há esperança nos seus olhos. Ela olha pra lente da câmera como se a lente fosse uma bola de cristal que a enchesse de esperança.

3

Ontem comprei um combo Marshall e uma Fender Stratocaster — braço cor de carvalho, corpo cinza com acabamento transparente, escudo preto. E hoje eu toquei, e cantei, "Sofa nº 2". Quando cantei, tentei me atrasar um pouco, mas não consegui porque prestei atenção demais nos acordes.

Então, este é meu humilde relato, todo escrito à mão. Nada de *overdub*, como o Zappa dizia. Fazia muito tempo que eu não escrevia tanto à mão, espero que você entenda minha letra. Eu costumava ser bom em caligrafia; enfim, fiz o meu melhor.

    Vou pôr este caderno num envelope e ir ao correio. "Pra Los Angeles, Califórnia, por favor." Depois vou dirigir até aquela maternidade, e se ainda houver uma caixa de correio na frente do portão, é ali que vou deixar este pacote.

    Você é um milagre, Victor. Entrei no Facebook esperando que uma garota pela qual me apaixonei quando criança me procurasse, mas ela nunca me procurou. Aí, certa noite, do nada, você me mandou uma solicitação de amizade. Eu nem sabia que você existia. Vai ser ótimo te conhecer, se você quiser, é claro, depois que você ler tudo isso. E se a Oksana disser pra você ficar em casa, espero que não dê ouvidos a ela. Eu sou da opinião que, às vezes, a gente precisa desobedecer às nossas mães. Estou muito curioso pra saber tudo sobre você. Você fala e eu escuto. Vai ser nessa ordem.

FONTES
Fakt e Heldane Text

PAPEL
Avena

IMPRESSÃO
Lis Gráfica